耕林 Just Novel

就是小說

耕林 Just Novel

就是小說

薔薇之名

ROSE'S NAME 中

帝國之光

紫微流年 著

[目錄] CONTENTS

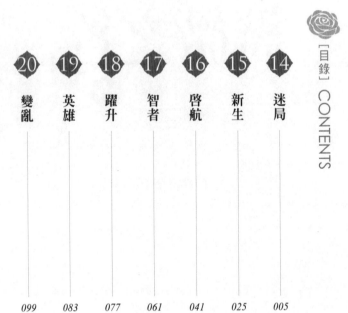

薔薇之名

ROSE'S NAME 中

帝國之光

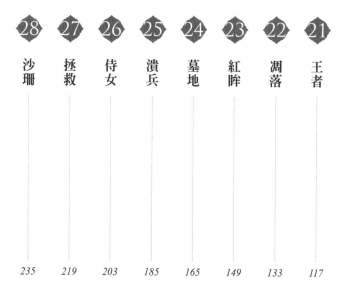

14 迷局

疾病如此可怕，在極短的時間內，令人衰弱到不可思議。

厚重的窗簾掩得嚴嚴實實，只餘桌邊的小燈，任何多餘的光都會使病人難以忍受。瑪亞嬷嬷完全瘦了下去，蒼老的皺紋爬滿了臉，被褥下的身體虛汗淋淋，陷入了時斷時續的昏迷。

從出生起就伴在左右，無私疼愛、永遠牽掛她的瑪亞嬷嬷，已經走到生命的盡頭……林伊蘭跪在床邊，將她花白散亂的髮收進睡帽裡，親吻著她乾澀的手，沒有悲慟，沒有眼淚，沒有面對垂死者的恐懼，只剩徹底的寧靜。

漫長而寂靜的陪伴期間，林伊蘭守在瑪亞嬷嬷身旁，接過侍女的工作，爲昏迷中的她擦洗身體、更換敷帕、用濕巾浸潤乾裂的唇，細心地護理在側，一如幼年時受到她充滿愛意的照料。

幾個日升日落，林伊蘭不讓任何人插手，無微不至地看護著，直到倦極睡去。朦朧中，臉頰被溫熱的手觸摸，她立即驚醒，反握住那雙枯瘦的手。

病床上衰竭的面容漾起了笑，慈愛十餘年不變，「我的小伊蘭……」

「瑪亞嬤嬤，」林伊蘭吻了吻她的額，「對不起！您都病成這樣我才回來。」

「我的孩子……」瑪亞嬤嬤費力地碰了碰她的手，眼中流露著心疼，「妳太累了！」

「疼不疼？要不要讓醫生給您打一針止痛劑？」

「我感覺到神在召喚我……」瑪亞嬤嬤彷彿沒聽見她的話，目光穿越屋宇，望見了雲端之上的天國，「伊蘭，別爲我難過……我老了，該去另一個地方了……」

林伊蘭喉嚨哽得發痛，緊緊地抓住瑪亞嬤嬤的手。

瑪亞嬤嬤黯淡的臉龐浮出紅暈，說話變得連貫許多：「我知道妳心裡很苦，這麼多年一直放不下過去的事……別再責怪自己，妳和爵爺不一樣，永遠不可能像他那樣冷酷無情，妳有著無法改變的、世上最美好的心……」

「瑪亞嬤嬤，別說這麼多話！」林伊蘭有種不祥的預感。

瑪亞嬤嬤停下話語喘息，示意她打開床頭的櫃子，取出一個絨盒。

掀開盒蓋，林伊蘭僵住了。只見一枚薔薇胸針躺在深色絲絨上，細碎的珠寶猶如露水，在花葉間熒熒閃爍，美得令人心動。

喀嗒一聲輕響，盒子從她手中墜落，跌在被褥上，胸針掉了出來，被瑪亞嬤嬤拾起，放入她的手心。

「伊蘭，別怕……我一直不敢讓妳看見，但妳總得面對……」感覺到她的退縮，瑪亞嬤嬤用盡力氣把她的手合起，強迫她握住胸針，「事後我悄悄去找過那個孩子，給了一筆錢作為補償，雖然無法彌補什麼……這不是妳的錯，這是夫人對妳的愛。這個家族讓人流了太多血、做了太多不可寬恕的事，但妳是乾淨的，不需要背負他人的罪孽……」紅暈漸漸隱去，幾乎可以看見生命力在消失。

「瑪亞嬤嬤……」薔薇被林伊蘭捏得變形，尖銳的針尖刺進掌心，絲絲鮮血染紅了花托。

「伊蘭……我愛妳，我會在天上看著妳……」老婦人的目光暗淡下去，猶如一支即將熄滅的蠟燭，落下了一滴混濁的淚，「別怕，我親愛的……孩子……」

林伊蘭把臉貼在瑪亞嬤嬤的手心，直到粗糙的手變得僵冷如石，再也沒有一絲溫度。

在床邊待了一整夜，她打鈴喚來侍女送水，一點一點地替瑪亞嬤嬤擦淨身體，換上嶄新的衣物，再將亂髮梳成光潔的髻，如生前一般整齊乾淨。

瑪亞嬤嬤無法葬在林氏家族墓地，林伊蘭選擇了平民墓園中一處陽光明亮的墓穴，墓邊的矮樹上有小鳥築巢，毛茸茸的雛鳥探頭張望。大理石碑堅硬平滑，綠草芬芳而柔軟，讓逝者寧靜地安棲。

林伊蘭一遍又一遍地摩挲著石碑，親吻她親手刻下的名字。

葛瑪亞在此長眠——她給了她的孩子全部的愛。

憲政司有一個特殊的部門，專事管理貴族的家族檔案。

年代久遠的名門猶如一張巨網，覆蓋著西爾國的各類上層權位，錯綜複雜又難以梳理，設有專職編錄整理。

這項工作繁雜而瑣碎，並且不時要與一些面孔朝天的貴族打交道，無法帶給人絲毫成就感，所以，負責人夏奈少校時常情緒極糟。

初夏的某一天上午，辦公室來了一位不速之客。

祕書一邊接待訪客，一邊爲難地瞟向緊閉的辦公室，拿不定是否該通報心情惡劣的上司。

人盡皆知，夏奈定期被議會的老傢伙刁難，需要辦事的人從不在月度例行會議後請見，以免無辜成爲少校洩憤出氣的對象。可拜訪的麗人異常堅持，祕書唯有硬著頭皮敲門轉述。

不到一分鐘，前一刻還火冒三丈的夏奈衝出來，陰雲一掃而空。

「伊蘭，眞的是妳！我還以爲聽錯了。」他十分驚喜。

「我回帝都辦點事，正好來看看你。」林伊蘭點頭致意，「還好嗎？」

「一點也不好！」夏奈直言，吩咐祕書倒茶，「調回來沒幾個月，我簡直老了十歲！這個職務看來風光，處理的全是雜事，那些頤指氣使的混帳讓我疲於奔命，私人社交徹底化爲烏有，想讓我心情愉快，除非那群老傢伙提前進棺材！」

「據我所知，這種可能性不大。」林伊蘭淡笑。

送茶的祕書目不斜視，看來已經習慣上司口無遮攔的抱怨。

「所以我的苦難永無盡頭……」滿腹怨氣的牢騷在細看好友後忘卻，夏奈蹙起眉，「妳怎麼瘦成這樣？休瓦眞有那麼糟糕？」

「前一陣子生了點小病。」林伊蘭輕描淡寫地帶過，「這次來是想告訴你，我要訂婚了，會在帝都舉行儀式，屆時請務必賞光。」

「妳……」夏奈怔了一刻，神色黯了下來，「對，也該到時候了。令尊替妳選的？對方是誰？」

「我想你認識，」她微垂的長睫擋住了眸色，「秦洛。」

「他!?」夏奈訝然半晌，好一陣才開口：「我得說恭喜，你們很相配。」

林伊蘭望著他。

夏奈嘆了一口氣，「換成別人，我肯定不會這麼說，但秦洛……我對他心服口服，雖然他目前地位受制，但聰明多智、心機過人，將來一定會居於人上！」

「他是父親爲我選的，我並不瞭解，所以……」林伊蘭停了一刻，露出些微彷徨。

「他是個不錯的人，在帝都的時候，我們走得很近，他還替我解決過幾樁麻煩。」見好友罕見的不安，夏奈立即關懷勸慰，「他只是外表風流，其實處事極有分寸，妳完全不必有任何顧慮。」

「夏奈，你眞是個好人！」林伊蘭極淡地笑。

「這是事實，不僅是我，連幾位挑剔的議員也相當欣賞他……」

夏奈滿溢的推崇還沒來得及一一道出，林依蘭輕悅的聲音打斷了他：「謝謝你的讚譽，或許是所知太少，他讓我覺得不可捉摸。」她榛綠色的眸子凝望著他，含著柔和的請求，「可以的話，我想盡可能在訂婚前多瞭解他一點，所有他經歷過的一切。願意幫我嗎？夏奈。」

美麗的眼睛盛著期盼，夏奈少校一時忘形，半晌才回過神。

「當然，樂意效勞，我這就叫人去查。」

從憲政司出來，幾小時後，林伊蘭已身處里爾城。

里爾城緊鄰休瓦，雖不及休瓦繁華，但每個城市都有的喧鬧和死角同樣具備。

走入龍蛇混雜的暗巷，沿街站著不少正在招攬生意的女人，林伊蘭向一個塗紫紅色唇膏的妓女打聽，依次又問了幾人後，順著指引，找到了一間骯髒的暗屋。

門被象徵性地敲了敲，秦洛走入，優雅的微笑一如平常，彷彿什麼也沒發生過，「什麼時候回來的？應該讓我去接妳。」

笑容下一雙幾近無情的眼，此刻看來又是另一種意味，林伊蘭望了一眼，「昨天。」

「聽說有一位重要的家人過世了，」他禮貌的問候親切得體，「我很遺憾！」

「謝謝，但沒必要。」站得有點累，林伊蘭找了把椅子坐下，「她去了一個更好的地方。」

「妳能想開，我很高興。」秦洛稍稍有些意外，仔細打量她，儘管清顏比數日前更加蒼白，卻已不再有崩潰般的絕望。

秦洛探視了一刻，終是切入主題：「上次提過的事，考慮得怎麼樣？」

綠色的眼眸抬起，半晌才開口：「假如是爲了報復，他活著，你會更解恨，我不認爲有殺人的必要。」

秦洛一笑，在林伊蘭頰上蜻蜓點水般吻了一下，「我的獨佔欲很強，無法忍受碰過我未婚妻的男人活在世上。」

她並不閃避，泛起一抹冷淡的笑，「吻一個讓你憎惡的女人，會不會太勉強？」

秦洛退開一點距離，聲音微沉，「什麼意思？」

林伊蘭抬手摀住小腹，許久才道：「不會有孩子了，我已經拿掉他。」

秦洛神情剎那僵硬，幾乎閃出殺意。

林伊蘭望著他，淡淡地諷笑。

異樣只維持一剎那，秦洛回復了冷靜，「爲什麼？」

「他活下來只會成爲控制我的籌碼，我的餘生將被迫屈從於你，唯你的意願行事，甚至將家族利益置於你之後。」不復虛詞矯飾，初次呈露出內心的意志，林伊蘭冷而犀利，「過去是我父親的傀儡，未來變成你的玩偶，你以爲我會甘心這樣生活？」

「所以妳殺了他？」秦洛半晌才開口，無限譏諷，「但凡阻礙，一律毫不留情地剔除，不愧是林家的人！」

林伊蘭毫不在意，「那又如何？爲了野心和前程，你仍然會娶我。」

秦洛咬得牙齒一響，險些按捺不住掐死她的慾望，「對，我會娶妳，可休想我會善待妳，或許妳會很高興有個暴力的丈夫。」

林伊蘭對威脅置若罔聞，似乎捕捉到什麼，眼眸多了一絲趣味。秦洛覺察出來，立即住口，室內靜默下來。

「第一次看見你失態，」林伊蘭收回視線，微倦地倚著椅背，「看來他對你而言很特殊。」

「妳指什麼？」

「底層第三水牢。」證實了推測，林伊蘭直接點破，「或許，你比我更熟悉他。」

「抱歉！」秦洛維持彬彬有禮的刻薄，「容我懷疑，妳是否近日受的刺激太重？」

「你想說我瘋了？有一陣子我也這麼認為。」林伊蘭莞爾，幽冷的眼眸與笑容截然相反，「出身貴族世家的上校與叛亂者交好，的確是不可思議！」

「我實在欽佩妳的想像力。」秦洛依然在笑，語氣卻已冷銳如冰。

林伊蘭不再浪費時間繞圈子，「秦洛，秦家第三子，五歲時被歹徒綁架，秦家付了贖金後不知所蹤，直至十年後在里爾尋回。你的家族徹底封閉了這段過往，想查出來並不容易。」

「這能說明什麼？」

「你行事圓滑低調，善於收買人心，又敢於把握時機冒險。養尊處優的貴族子弟很少有這等手腕，秦家也並不以教子嚴格而著稱。」林伊蘭剝開層層屏障，讓一切無所遁形，「看過你的經歷就全明白了，里爾尋獲，純屬恰巧，其實你長居休瓦，混跡貧民區十餘年，而且並未因身分的改變而遺忘這段童年經歷。

當你被調至休瓦，沒多久後，基地失竊，叛亂者公然假冒士兵，熟知門禁口令，甚至潛入某些需相當軍階才能進入的通道。人人盡知基地有級別不低的內應，可大規模調查中，完全沒人懷疑到你——剛剛就任的、前途無量的秦上校。」

輕冷的話語娓娓分析，林伊蘭不留半分辯駁的餘地，「你甚至讓叛亂者混入了皇家晚宴，當然，他們很小心，讓法官死得毫無痕跡，沒給你惹來任何麻煩。我不清楚你們有著什麼樣的交情，毫無疑問的是，你瞭解他，並願為他冒相當的風險。」

秦洛沉默良久，既不承認，也不辯解，「妳從何時開始懷疑？」

「這次休假前我去找過你，碰見你在場上較技，近身搏擊的技法與他非常相似。我同他交過手，不可能錯認。」林伊蘭淡道。

秦洛又沉默了一會兒，抽了根煙，銜在嘴裡，慢慢地打火點燃。

「菲戈讓妳看見太多了……」嘲諷的笑透過煙霧，看起來迷離不清，「我早對他說過，妳非常危險！」

林伊蘭等著他說下去。

「幼年時，我被人綁架，歹徒得了錢就把我扔掉，要不是菲戈，我可能已經死了。我們像兄弟一樣長大，直到我回到秦家……」秦洛彈了彈煙灰，像是彈掉一段回憶，「來基地後，爲了避嫌，我們很少見面。在酒吧撞見的時候，我跟他說別救妳，妳是軍人，沾上手會很麻煩，可他不聽，說欠妳的情。公爵介紹時，發現是妳，我嚇了一跳，想著幸好菲戈沒跟妳扯上關係，結果我去找他的時候看見什麼？他在和妳跳舞！像一個愚蠢的、被愛情沖昏頭的傻瓜，摟著妳就什麼也看不見！」

潛藏的鬱怒漸漸呈現，秦洛咬牙切齒，「他讓我別娶妳，說我給不了妳幸福。可我有什麼辦法？難道要我對公爵說不，徹底得罪妳父親？那我的前程就全完了，誰知道會被弄到哪個邊境去打雜？我告訴他，唯一能做的就是不碰妳，放縱你們去偷情。」冷笑一聲，他指了指顎骨，「結果他揍了我！」

「我警告過菲戈別再和妳接觸，可公爵還是知道了一切。清剿的事半點風聲也不透，我像白癡一樣領命行事，眼睜睜看著菲戈燒成一團焦炭，還得裝作若無其事。公爵要菲戈受罪，作爲對妳的懲罰，他在不見光的地牢裡逐漸腐爛，生不如死，我不能讓我的兄弟那樣活……如果能進水牢，我會自己去，可現在只能是妳！」

與C區列爲同級別警戒的地牢，沒有特令，根本不容接近，秦洛自知無計可施，唯有利用她特殊的身分，另闢蹊徑。

靜默延續了很久，林伊蘭終於開口：「我父親即將動身前去帝都接受議會質詢，解釋財政大臣一事，假如消息沒錯，你在訂婚儀式後的報酬是前往南方城市的調令，如果赴任前沒有變化，我會照你說的去做。」

得到了承諾卻沒有絲毫快意，秦洛僵了一會兒，終究忍不住低問：「關於孩子，妳眞的……」

「眞的。」

「妳既然猜出我和菲戈的關係，爲何不留下他？」

林伊蘭恍惚了一瞬，神情空洞而疲倦，「他根本就不該存在……」

殘存的希望覆滅，秦洛怒火如沸，死死地瞪著她，最終忍下了咒罵，摔門而去。

「長官！」安姬驚訝地看著林伊蘭身上的少校軍服。

收拾好隨身用品，林伊蘭將提箱放在腳邊，示意安姬坐下。

「安姬，我的職務有一點變動，可能無法再做妳的長官，中尉會安排其他隊長的。」

「長官，您……」安姬惶然無措，弄不懂隊長怎麼會突然成了少校，她從未與高級軍官近距離接觸，幾乎坐立不安。

「這是我原來的軍銜，士官只是暫時。」毫無復職的喜悅，林伊蘭柔聲安撫下屬，「這段時間的相處很開心，我會一直記得妳。」

「我不懂……」安姬仍是茫然，本能地問出最關心的問題：「長官要調到哪？」

「短時間內不會離開基地，但要搬到另一個營區。」

安姬脫口而出：「我可以去找您？」

「抱歉！安姬，」林伊蘭忍住一聲嘆息，「可能會不太方便。」

安姬失望地低下頭，眼圈泛起了澀紅。

林伊蘭想了想，道：「安姬，可否幫我一個忙？」

「請長官吩咐。」安姬吸了吸鼻子。

「再過幾個月妳會退役，我可能這一陣子都不會離開基地，請代我去給瑪亞嬤嬤掃墓，並在墓前放一束鮮花。」

「請放心，我一退役就去。」記下墓地方位，安姬鄭重地承諾。

「瑪亞嬤嬤的墓台下有一塊活動的石板，底下放著一個鐵盒，請替我把這個放進盒子裡。」林伊蘭遞過一個小小的紙袋，略微傷感，「是我的頭髮，但願能用它陪伴瑪亞嬤嬤。」

「是，長官。」依戀不捨的淚掉下，又被安姬飛快地拭去。

林伊蘭摟了下她的肩，安慰了幾句後，提起行李，踏進了鍾斯中尉的辦公室。

「長官，請原諒！」鍾斯卻悶不作聲，從頭到腳打量她的少校軍服，「假如可能，我希望我永遠是您的下屬。」

「謝謝。」

「滾吧！」鍾斯背過身，沒有再看她一眼，「妳是個好士兵，但不該永遠是個士兵。」

儘管鍾斯沒回頭，林伊蘭仍敬了一個莊重的軍禮，告別了第三營。

復職僅僅是爲了更方便監控。

換了陌生的營區，不必操練士兵、不必執行命令、不許離開基地，林伊蘭被徹底架空，等待推遲到數月後的婚禮。

突然多出許多空閒，林伊蘭挑了一個時機約見凱希。

神之光計畫面臨最緊要的關頭，作爲少數幾名核心成員，凱希幾乎連睡覺的時間都不夠。儘管如此辛苦，見面時他卻精神奕奕——歷經數十載的研究即將破曉，興奮的程度，足以驅走一切疲勞！

研究中心的庭院設有茶點區，好不容易凱希有空，兩人閒散地聊著。

「……柏格準將雖然性格極差，但在生物方面極具天才，許多不可思議的設想都是由他提出，並以超人的智慧將其實現。假如沒有他，項目根本不可能有如今的進展！」凱希攪著咖啡，聳聳肩，「不過我得說，他脾氣太糟，得罪了一大批人，以至於如今還無法授動！」

「既然他如此重要，那些議員應該明白他的價值。」林伊蘭靜靜聆聽。

凱希點頭，「柏格準將對項目保密極嚴，除了自己，誰也不信任，許多高難度的操作，他都親手處理，禁止旁觀，技術上實行封閉，所以目前在帝國無人能取代，議員們仍然得讓他主管C區。」

林伊蘭側了下頭，似乎有些好奇，「依你推測，假設神之光有一天成功，而柏格觸怒貴族被調離，你們能否獨立施行？」

凱希想了想，「很難，畢竟有許多細節我們不曾接觸，我有信心，其他人就難說了。」

「爲什麼這麼說？」

「柏格導師進行的時候不讓人靠近，事後我嘗試過複製結果，不完全，但已經很接近，再多進行幾次試驗，應該能同步。」凱希言語間充滿自信，顯然有相當的把握。

「凱希，你是個天才！」林伊蘭由衷地感嘆。

能在導師隱瞞關鍵操作的情況下，獨自探索如此高難度的研究，絕非尋常頭腦。

凱希笑得有幾分靦腆，「其實我最初是心情不佳，想打發時間，才去研究的，沒想到卻被研究本身吸引，反而從中得到了無數樂趣。」

「專案成功以後呢？你有想過離開研究中心嗎？」

凱希茫然地搖頭，「除了研究，我想不出還能做什麼。」

「你真打算在這待一輩子？」林伊蘭凝視著好友，「你的家人非常想你。」

凱希飛揚的眼神黯淡下來，「我也很想他們，但即使成功，榮耀也屬於導師，帝國不會給我特別嘉獎。我既無門第，又無背景，這輩子只能作一個研究員，根本不可能奢想離開這裡。」

一反往常的善解人意，林伊蘭彷彿沒發現凱希情緒低落，依舊繼續話題：「假如出去的代價是遠離你熱愛的研究，你會願意嗎？」

「我……」從未想過這一可能，可一旦觸及，親人面孔便浮現在眼前，凱希情不自禁地說出心語：「可能的話，我還是想回家。」

家庭的溫暖襲上心頭，越來越令人思念，凱希一時竟不由自主地失神了。

林伊蘭心底瞭然，微微笑起來，替他付了帳單。

回家的念頭一旦泛起，便難以消除。凱希明知出不去，仍無法抑制地牽掛，父親、母親、妹妹、一同成長的夥伴、意氣相投的摯友……

進入中心之前的生活豐富多彩，近幾年卻只剩晝夜不分的研究、日復一日單調乏味的工作，凱希突然覺得難以忍受。

「凱希，」一起操作的研究員提醒他，「該記錄了。」

凱希回過神，迅速記下實驗資料，完成熟極的步驟。

「幸虧導師走了，否則又要挨罵！」搭檔的同僚替他慶幸。

凱希有些詫異，「又走了？導師最近在實驗室的時間比以前少多了。」

無論哪一行業，工作間隙間都免不了交換八卦，研究員也不例外，「當然是另有原因，聽說他迷上了一個美人。」

「以他的年紀……」凱希張大了嘴又合上，不敢多說。

儘管地位尊崇，但導師年齡已逾六十，加上花白的髮、半禿的頂……

「這跟年紀無關，」對面的研究員曖昧地擠眼，「中心沒幾個女人，更談不上漂亮，不然以導師的地位，早就左擁右抱了。」

另一名研究員訕笑道：「大概是神之光即將成功，導師已經忍不住要犒勞自己。」

刺激的桃色新聞成爲趣談，惹起陣陣低笑，卻引不起凱希的興趣。他搖搖頭，繼續埋首工作，沒兩下又被打斷。

「凱希，你一點也不關心？」

凱希覺得莫名其妙，「爲什麼我要關心？」

「我們以爲你曾經對她有意，你不是帶她參觀過研究中心？」

「怎麼可……」凱希本能的否認突然頓住，「你說伊蘭？」

「那位綠眼睛的美人在中心庭院偶然遇見導師，不知怎麼搭上了關係。」一名研究員道出私下聽聞的消息，「這幾天經常有人看見他們一起用餐，她可眞有一手！」

凱希頓時失笑，「一定是弄錯了，伊蘭怎麼可能和導師在一起。」

「爲什麼不可能？」

「因爲她……」不便提及好友的家世，凱希說了一半又頓住，隨口敷衍過去，心底卻忍不住好笑。可憐的伊蘭，無端成了流言話題人物，離奇而不可思議。

不久後，這份好笑轉成了難以想像的驚愕——那個在導師身邊的倩影，的的確確是她！

柏格親自引導她參觀每一個分部，提供極盡詳細的解說，毫無保留地解答疑問，C區在她眼前徹底透明。

空前耐心的柏格有禮得像一個紳士，一改陰沉暴戾的性格，替她開門拉椅，風度十足，面對她時，聲音都低了許多，讓在場的研究員目瞪口呆。

「伊蘭，妳在做什麼？」凱希實在忍不住，趁柏格暫離的空隙探問，「妳……」

「凱希博士，」林伊蘭轉頭朝他望去，冷淡的神色，像對待一個陌生人，「你想說什麼？」

凱希錯愕地僵住了。

「儘管我們是校友，但在中心還是請以軍銜稱呼。」疏離的語氣透著不耐，劃出了無形的鴻溝，「謝謝你昔日的幫助，抱歉，準將在叫我了。」

倩影離開許久，凱希仍立在原地，半晌說不出話。

一旁偷聽的研究員同情地拍了拍他的肩，「可憐的凱希，顯然她有了更好的目標，你對她已毫無價值可言。瞧那副現實的嘴臉，女人眞可怕！」

凱希沒有反駁，只覺得難以置信。

那是伊蘭？

眞是他所認識的伊蘭？

簡直像軀殼裡裝了另一個靈魂！

15 新生

柏格滔滔不絕地介紹儲備區的一應細節，林伊蘭一字不漏地傾聽。

「……每一次淨化均由我親手完成，晶罐中的特殊液體是我精心配製，能令肌體代謝進入休眠，加上良好的室溫和測控，隨時可以提供最理想的軀體。」柏格躊躇滿志，踱過一排排渾圓透明的罐體，「青春、健康、外形出色、肢體協調性極佳……在軀體的提供上，令尊做得非常完美，帝國甚至讓這些賤民養尊處優了一年，以去除卑賤生活留下的粗糙硬繭，使皮膚和頭髮更加細膩光澤。」

「我父親也有參與？」

「令尊從蠻荒的北方邊境挑出大量合格體，令計畫推進極爲順利，完成了重要的一環。」柏格十分稱讚。

「如此龐大的計畫精細入微，實在令人驚嘆。」林伊蘭眼睫微垂，換了個話題，「請原諒我無知的問題，罐中人是活的？他們似乎沒有心跳……」

對她謙遜的姿態相當滿意，柏格欣然解釋：「這些軀體處於完全靜止狀態，一旦抽離液體，用適當的能量刺激喚醒之後，就能恢復呼吸，進入正常迴圈。」

「真難以想像！這一切均出自您天才的構想？」

「當然，尤其是特殊的休眠液，除了我，帝國無人知道配方。」柏格仰著頭，著迷地凝視巨型晶罐，「雖然製作有點複雜，但功效絕佳，唯一的缺點是易燃，除開這一點，簡直稱得上完美。」

「易燃？」

「這只是一點小小的瑕疵，所以儲備區禁止任何可能引起燃燒的物品。」柏格揮了揮手杖，掠過未臻完美的遺憾，「瞧瞧這一切，唯有神靈才能創造的奇蹟。」

林伊蘭點頭，「足以贏得一枚上將勳章！皇帝陛下應當給您最高榮譽。」

柏格明顯興奮起來。

半晌，她又嘆息般道：「這對一位傑出的天才太不公平，您取得的成就完全不能與地位匹配，簡直是帝國的恥辱！」

儘管軀體老去，權力慾望卻沒有隨時間淡化，反而在長期不滿中愈加熾烈。聽到林伊蘭惋惜而不平的話語，柏格眼睛閃閃發光，幾乎難以自持。

「那些庸才佔踞高位，於帝國毫無半點貢獻，根本不配與您相提並論，卻一竅不通地對您橫加指責，最後更堂而皇之地享用您來之不易的成果，甚至妄圖竊取……」激動的言辭突然停頓，她的臉龐閃過一絲不安，「抱歉，我失言了！」

「妳說什麼竊取？」柏格敏感地抓住了最後幾個字，激起空前警惕。

似乎懊悔失言，她勉強笑了笑，「對不起，請忘了吧！只是口誤。」

被懷疑與戒惕纏繞，柏格展現出剛愎暴躁的本質，氣勢洶洶地逼問：「我聽得很清楚，說！到底是誰想竊取？」

林伊蘭遲疑良久，壓低了聲音，「請原諒，我是在一次宴會中無意聽到的，幾位議員似乎對您抱有不滿，更嫉妒您即將獲取的成就，指令C區某位研究員留意您的一舉一動，私下記錄一應細節，等專案成功後……」

「再把我一腳踢開？」柏格險些氣炸了肺，嘴角神經質地抽動，「告訴我，那個竊賊是誰？」

「抱歉，我只知道這些，那位議員位高權重，我甚至不該提起，讓您知道這些只會心情煩躁……」

「該死的小人！卑劣的、陰險的混帳！」柏格無法控制地咆哮起來，惡毒的咒罵傾洩而出，極度的憤怒，讓他的風度蕩然無存。

林伊蘭佇立一旁，嘗試勸慰，反而激起柏格新一輪的怒罵，激動的他無法被任何言語安撫，沸騰的怨怒，充斥了每一吋空間。

C區所有人都感覺出柏格準將近日的明顯異常。

他對下屬研究員近乎神經質的多疑，多番無端斥責，甚至暗中刪除檔案資料，令一度完備的實驗記錄支離破碎。

神之光已臻關鍵時刻，最終的核心控制在柏格手中，毀損式的清除令所有成員心生疑惑。某個冒然發問的研究員被柏格暴怒地訓斥，受到極其嚴厲的懲處，此後，再無人敢置喙。

孤僻自負的柏格拒絕信任身邊任何人，摒棄助手，獨自操作，以至於當神之光成功之際，首個獲悉者是一個與C區毫無關係的外人。

砰的一聲，瓶塞迸開，淡金色的香檳注滿了酒杯。

美麗的綠眸毫不掩飾喜悅，林伊蘭發自內心地讚嘆：「您擁有這個時代最傑出的智慧！」

「沒有排斥，徹底融合，通過了全部測試，證明靈魂植入完美無瑕，絕無任何缺陷！」

柏格難以遏制狂喜，「我終於找到了正確的方式！」

「整個帝國都會爲您驕傲！」林伊蘭微笑舉杯而祝，「您的成就足以光耀歷史！」

柏格大笑起來，一飲而盡，成功的興奮帶來放肆的衝動，他握住了她放在桌緣的纖手。

林伊蘭眼眸微垂，任柏格的指在她手背摩挲，並沒有抽回，「可惜我父親還在帝都，正爲議員們的攻訐頭疼，否則他一定會第一時間把這個好消息稟告皇帝陛下，爲您爭取無上的榮譽。您知道，那些愚不可及的議員無法容忍任何成就，哪怕我父親全面清剿了休瓦叛亂組織，仍得爲財政大臣受傷一事橫遭指責。人人都知道那是個意外，何況我父親已盡其所能地給予他最好的照料。」

林伊蘭對議員的一番牢騷正中柏格心結，他當即慨然道：「他們不再有責難令尊的理由，只需以神之光技術爲財政大臣更換全新的軀體，一切指責將化爲烏有。」

「假如能解除這一困局，我父親將異常感激！」她的驚喜表露無遺，綠眸閃閃生輝，「您的智慧和慷慨，定會獲得非凡的回報！」

柏格微笑接受她不吝辭彙的讚美和致謝。

長期埋頭研究，幾乎與上等階層隔絕，他需要議會中一位得力的權貴支持鞏固，以確保成功後的地位，位高權重的鐵血公爵無疑是最佳人選。

「對您的慷慨，我深感安慰，但此案目前正由議會質詢，再過不久將由陛下仲裁，假如拖延太久，裁決已下，我父親依然難免受責……」欣喜過後，林伊蘭再度蹙眉。

柏格輕易替她解決了難題：「我可以在近日讓財政大臣復原，而後由衛隊快馬護送，返回帝都，相信陛下一定會驚喜萬分，這也將成爲神之光在帝國最精彩的亮相！」想像著戲劇性的震憾場景，柏格激動得來回踱步，幾乎按捺不住，想要即刻進行。

「這眞是個絕妙的主意！」唇角漾起柔美的弧線，林伊蘭的淺笑明麗動人，「懇請您務必給予我見證神之光奇蹟的機會，相信會令我永生難以忘懷。」

面對佳人喜悅而盈滿希望的眼眸，柏格的頭高高昂起，充溢著矜持與自豪，「我與伊蘭沒有祕密，歡迎之至！」

自恢復軍階後，林伊蘭被禁止離開基地，幸好此次有足夠的理由。

訂婚是一件値得慶祝的事，而且必須她親自到場。

儀式在帝都舉行，參與的人不多，但均是有分量的貴族，林公爵與秦家的族長發表了簡短的祝詞。

相貌出眾的男女，千篇一律的程序，當冗長的誓詞完結，雙方交換了訂婚戒指，在觀禮者的掌聲中擁吻。

冰冷的吻落在冰冷的頰，禮貌的微笑掩蓋了同樣冷漠的雙眼。

禮堂的喧鬧落幕之後，這對未婚夫妻終於有機會獨處，但，馬車內的兩人毫無訂婚的喜悅。

秦洛隨手摘下胸花，扔出車窗，「很快我將啓程前往南方，希望臨行前能得到伊蘭實踐承諾的消息。」

「當然。」轉動著蕾絲手套上晶亮的戒指，林伊蘭話語輕淡，「只不過，我還有一個附帶條件。」

「我不記得妳之前有提過什麼條件。」

「當時沒想起來。」

秦洛神色沉下來，姿態依然冷靜，「說說看。」

「替我帶一個人去南方。」

「誰？」

「我的情人，」無視對方漸青的臉，林伊蘭輕描淡寫，「菲戈之外的另一個。我父親對他的存在有所察覺，爲免悲劇再度上演，我打算讓他提前逃走。」

秦洛從未覺得如此憤怒，手指不自覺地痙攣了一下，彷彿想抓住什麼。

「出於禮貌地提醒一句，今天我們訂婚，你沒帶槍。」林伊蘭瞧進眼底，微諷地提示，「另外，基於對前程的考慮，請上校盡量控制情緒。」

秦洛緊緊咬牙，極力克制狂暴的衝動。

林伊蘭並不在意未婚夫的表情，「在我父親手下逃亡很不容易，需要全新的身分，請上校一一代爲準備，只要帶他登上往南方的船，交易就算成功，我將在同一天完成對你的承諾。」

「讓妳的丈夫協助妳的情人逃跑，交換條件是殺死舊情人……」理性抑住了殺意，秦洛冰冷的語氣鄙夷到極點，「我眞好奇妳究竟是什麼樣的女人。」

「對你而言，這僅僅是舉手之勞。」林伊蘭根本沒理會他的譏諷，「別再說丈夫之類的笑話，你我皆知，這不過是演戲。」

「妳就不怕我半路殺了他？」

「那麼我父親會非常詳盡地瞭解你曾經做過的一切。」林伊蘭漫不經心地回答，輕鬆得像在談論天氣，「或許他不會信，或許他會在懷疑後查證，要試試嗎？」

秦洛從齒縫中透出冷笑，「妳爲新情人想得眞周到！」

打開小巧的手袋，林伊蘭取出一個折起的信封，「這是接人的時間地點，爲了保密，請獨自前來，相信上校必能辦得妥貼。」

「請容我好奇，妳是如何周旋在兩個男人之間？」忍不下怒氣，秦洛刻薄地嘲諷，「他們想必各有千秋，令妳難以取捨吧？」

林伊蘭淡然一笑，「這顯然與你無關。」

這時，馬車在公爵府前停下。

儘管名義上是未婚夫妻，兩人卻形同陌路，秦洛甚至沒下車道別。不過林伊蘭並不介意。拎起裙襬，她優雅地行了個屈膝禮，榛綠的明眸微抬。

「多謝上校的護送，期待下次愉快的相見。」

動人的倩影在僕人的迎接下走入內宅，秦洛在車內冷眼旁觀，右手將信封捏成一團，重重一拳打在餘溫猶存的椅背上，恨聲低咒——

「菲戈，你究竟是什麼該死的眼光！」

凱希被迫中斷工作，離開了實驗區，一同被驅離的，還有全部的研究員。

柏格準將在傍晚封閉了大半個C區，誰也不清楚原因，唯一能確定的，是導師情緒異常亢奮，極度傲慢自負。

進行中的實驗被打斷，凱希捺住沮喪，婉拒了同僚共飲的邀請，獨自回到房間。按亮燈光後，他嚇了一跳——書桌前站了一個人，手中拿著原本擱在床頭的銀質畫框。

「伊蘭！」認出來者，凱希驚嚇漸去，驚愕更盛，「妳怎麼會在我房間？妳是怎麼進來的？」

林伊蘭放下畫框，答非所問：「你還愛著她？」

畫框中是一張精細的素描，年少的娜塔莉倚在凱希懷裡微笑，毫不避人地相依。

凱希將畫框倒扣下來，記起她的冷淡，語氣變得生硬，「不勞林少校關心！」

「對不起，凱希，我只是來說幾句話。」林伊蘭神色柔和，帶著歉意道，「我不能被人看見，迫不得已用這種方式進來，請原諒。」

凱希迅速消弭了怨氣，轉為關心，「伊蘭，妳到底想幹什麼？為什麼不能被看見？妳和導師究竟……」

「我需要借重他做一件事，僅此而已。至於之前的失禮，只是不想讓你有麻煩。」林伊蘭無意多說，一言帶過。

「什麼麻煩？我不明白妳的意思。」凱希越聽越糊塗。

「你很快會知道。」林伊蘭輕嘆一聲，切入了正題，「凱希，原諒我無理的請求，請你放棄研究，放棄你所專注的工作吧！」

聞言，凱希徹底呆住了。

「離開中心，回到愛你的家人身邊，過平靜幸福的日子。」輕柔的語氣稍重，林伊蘭嚴肅起來，「凱希，你的理想單純而美好，但你不明白，這項技術不屬於這個時代，過早擁有，只會帶來貪婪與暴虐！

神之光的拯救以毀滅爲代價，無論多美好的飾詞也無法掩蓋，僅是研究，已經殘殺了那麼多生命，它不能造福人類，反而會被惡魔利用，吞噬無數無辜的生命，只爲當權者永生的奢望……」

凱希想開口辯解，林伊蘭卻搖了搖頭，「我的時間不多，請聽我說下去。假如有天皇后陛下看中你親愛妹妹的軀體，決意侵佔，你會作何感想？沒有誰值得他人以生命去奉養，無論地位多高。他們以權勢攫取的東西已太多，甚至包括……」話語頓了一下，她綠眸微黯，「娜塔莉已經死了，她託我把這個交給你。」

「娜塔莉？」凱希頭腦空白了一瞬，一時無法理解，茫然地接過她遞來的項鏈，打開掛墜，瞥見熟悉的麗顏，嘴唇漸漸顫抖，「不可能……」

「她被父親賣給了年老的勳爵，絕望之下，拒絕做一個好妻子。當她想結束荒唐生活的時候，卻被丈夫槍殺，死在數月前。」林伊蘭簡短地說明經過，悲涼而傷感，「想想看，凱希，唯有像她父親或勳爵那樣冷血自私的貴族，才有資格用神之光更換老朽的身體，享受無限的青春財富。他們恣意擺布他人的命運，沒有誰能予以制裁，唯一公平的時間也將不復存在，世界會多麼可怕！」

望著被噩耗激得僵木的凱希，林伊蘭放緩了聲音：「或許你難以理解，但請相信我發自肺腑的勸告。回家去吧！凱希，和親人朋友一起，別爲不該存在的技術虛擲一生，把你所知的封藏起來，直到有一天新世界到來，人們不再如此卑劣的時候，再讓它眞正造福世人。」

凱希沉浸在悲慟中，毫無反應，只是痙攣地撫摸著項鏈上的刻字。那是林伊蘭請人刻下的娜塔莉信中訴語，承載著最初與最後的愛戀。

林伊蘭靜靜地注視了一刻，轉身而去。

憑藉僞造的公爵簽名，林伊蘭順利地進入水牢，鏽跡斑斑的鐵門再度打開。

她俯身抱起焦黑的殘軀，比一個孩子更輕的重量落在她的臂中，她不敢用一點力。殘破的人形顫動著，似乎想說什麼，卻只發出了一絲葉片簌動般的微聲。

隔離後的C區空無一人，她推著輪椅，在門邊停下，將柏格給予的通行證靠上去，一縷光芒從屏上閃過，門無聲無息地滑開。

靜謐的試驗室設有兩張手術檯，一張空置，另一張放上了一具少年的軀體，柏格正仔細校正儀器的頻率，略帶不滿地抬頭。

林伊蘭先一步開口：「抱歉！通過護衛花了一點時間。」

殘損的身體被放到手術台上，沒有任何掙扎不安，唯一完好的眼睛注視著她的身影，有迷惑、有詢問，唯獨沒有恐懼。

柏格掀開白色布巾，打量了一下，冷傲的面孔略微動容。

「閣下燒傷極重，用常規治療手段必然終生無望，但在這裡……」他按下按鈕，壁上一塊隱蔽的鋼板移開，呈現出置於透明晶屏後的手抄本，墨色的字跡已化爲深棕，泛黃的紙質在特殊光芒的映射下，猶如純金。

柏格的聲音帶著無與倫比的自信，如神祇般鏗鏘有力：「上古遺留的神靈之術，您將成爲受神光恩澤的第一人！」

林伊蘭定住了視線，「這是……」

「休瓦礦脈發現的手抄卷，帝國研究中心傾盡心血破譯的史前遺珍。」柏格癡迷地瀏覽著熟極的方程式。他毀去了所有複製抄本，又將獨一無二的原本置於掌控之中，確信再不會有人能獲悉神之光的奧祕，「這是其中一半，另一半在神之火專案的A區。未來的一刻足以載入歷史，我認爲該由它一同見證。」

「您說得對。」凝視良久，林伊蘭泛起深長的笑，笑容神祕而動人，「感謝神！」

馬車在夜風中佇立良久，秦洛已全無耐心。

好不容易支開守衛，卻遲遲不見約定的人，他開始煩躁地盤算著是否該離開。

這時，遠處出現了一個移動的影子，秦洛盯了好一陣子才確定無誤——是她，還有另一個人。

那個人被她半背半扶著，以至走得很慢。秦洛毫無幫忙的意願，看著她漸漸挪近，將人扶進了馬車。

被送來的是一個陌生的少年，套著一件顯然過大的軍服，俊美的臉上毫無表情，目光卻焦慮地追隨她的身影，彷彿有無數話語，卻無法開口。

秦洛只覺得異常礙眼，冷冷地踢上車門，隔斷了他的視線，「他是怎麼回事？」

林伊蘭將一個包裹拋入車廂，淡淡解釋：「幾小時後會恢復，不用擔心。」

「他還眞捨不得！」他的年紀令秦洛驚訝，自然生出了懷疑，但他眼神中流露的情愫，卻足以說明一切。厭惡地輕嗤一聲，秦洛冷下聲調，「還記得交換條件？」

「菲戈已經死了，以你的耳目，很快就會收到消息。」林伊蘭感到前所未有的輕鬆，指尖撫上車門，像隔著漆板觸摸著情人的輪廓。

秦洛不再多說一個字，跳上馬車，拉起韁繩。

林伊蘭正要退開，突然，一隻蒼白冰冷的手從窗內伸出，扣住了她的指，虛軟的手被潮濕的冷汗浸潤，徒勞地嘗試抓緊。

林伊蘭微微一愣，短暫地回握了一下。

馬車開始移動，她跟了兩步，掰開他的手指，低而溫柔地回應：「走吧！你自由了。」

目送馬車駛出視野，林伊蘭佇立片刻，又回到C區。

試驗區裡安靜無人，柏格歪在工作台上，眼睛瞪得極大，屈伸的手指似乎想拔出嵌入胸口的刀，嗡嗡輕響的儀器藍光明滅，映在他僵硬的臉上。

林伊蘭環視一周，輪起椅子，砸上晶壁。轟然一聲裂響，透明的晶屏粉碎，現出了帝國視同珍寶的手抄卷。

用柏格的通行證打開了儲備區的門，她逐一按下開關。一盞盞晶燈接連亮起，照亮了冷寂的空間。森林般聳立的晶罐在燈光下通明，無數少男少女禁錮在其中，像一座座巨大的棺木。

林伊蘭拔出配槍，瞄準最遠處的一枚晶罐，手和呼吸一樣穩定。尖利的槍聲劃過，子彈擊穿了晶壁，高熱引燃罐內的液體，化作一團熱焰，轟然爆裂。熊熊火焰隨著液體流淌，舔噬著經過的每一吋地面。

溫度飛速竄升，接二連三的晶罐崩裂，滑出一具具早該歸於塵土的軀體。越來越盛的烈焰捲裹著一切，灼熱的空氣飛揚著碎屑，彷彿有亡靈在起舞。

儲備區化為一片火海，火災的警報聲此起彼伏，驚動了整個基地。

熱氣掀動著短髮，火焰狂肆地蔓延。她將發黃的紙冊拋進烈火，迅速焦黑捲曲，化成一團灰燼。最後，她拔下戒指，一併扔進火場，綠眸映著烈焰驚人的璨亮，美得驚心動魄。

她輕笑起來，放縱的笑聲越來越歡暢，身體在熱浪烘托下輕盈無比，彷彿長久以來的枷鎖徹底崩落，靈魂再無拘禁。

16 啓航

午夜，停在港口的船即將啓航。

最後一刻趕來了兩個乘客，一個年輕男人挾著一名少年，三兩步跳上了弦梯。

秦洛拖著虛軟的少年從旅客中走過，一個不小心，少年的頭險些撞上鐵欄，被一位路過的男人扶住提醒：「小心你的同伴！」

秦洛粗魯地拽過少年的肩膀，漫不在意地道謝：「抱歉！他在酒館喝多了。」

目送兩人的背影，男人微微蹙起眉。

拋給水手兩枚銅幣，順利地找到了訂好的艙房，踢上門，秦洛毫不客氣地把少年甩在地板上，撞出砰一聲重響。聽起來很痛，少年卻一聲不吭，扭動著嘗試爬起。

秦洛掐起他的下巴，研究式地打量了一番。

肢體修長，眉目分明，相當出色的外貌。漆黑的眼睛十分漂亮，但眼神非常奇異，看得他很不舒服。

「你是個幸運的傢伙！讓我看看那個婊子給了你什麼……」扯開林伊蘭贈予的包裹，一只精美的古董匣呈現在眼前。秦洛哼了一聲，彈了彈嵌在匣上的寶石，眼神更冷了幾分，「她對你眞大方，可惜另一個傻子沒有你的好運。」

少年的手腳似乎毫無力氣，始終支不起身體，只能倚在壁角看著他。

「讓我想想怎麼處置你，」秦洛來回踱步，陷入了自言自語，「賣到街頭當乞丐，年紀大了一點；賣去伯里亞當苦力，又小了一點。不如把你扔到調教男孩的妓院，說不定能換個好價錢！」

少年的眼神流露出的不是懼怕，而是摻著無可奈何的好笑，這讓秦洛越發怒火中燒，「你以爲她還有辦法威脅我？只要下了船，我盡可以讓你死在伯里亞的深山老林！」

「洛……」少年嘴唇顫了顫，終於說出了第一個字。

秦洛眼眸沉下去，一手拎起了少年的衣領，「你說什麼？」

「是……菲戈……」

揪住衣領的手頓了一下，他用力一送，少年撞上了牆壁，幾乎能聽見木板的裂響。

秦洛冰寒的話語捲裹著殺意：「你沒資格提這個名字！」

「洛……我是菲戈……」沉重的一撞令少年頭腦暈眩，也奇蹟般讓他的言語順暢了一些。他握住秦洛的腕，以全然陌生的聲音道：「我還活著……」

秦洛覺得自己的耳朵出了問題，但在那雙與菲戈相同的黑色眼眸注視下，他竟沒有再動手，靜靜地聽對方說下去。

「你六歲時，我們第一次見面，那時你在搶人錢包，但手腳太笨，被揍得很慘！你初戀的女孩是莉雅，偷看她洗澡的時候被狗咬，左邊屁股現在還有個疤。三個月後，你喜歡上了露茜，分手時被她甩了七個耳光！

你偷光了薩的酒，他在你的湯裡下了瀉藥，結果你在廁所待了兩天！我們初次打架是你回去後又從秦家逃出來，認爲父母兄長把你當成缺乏教養的野猴子，還不如做貧民區的流浪漢。你從學院寄來的信很無聊，裡面幾乎全是你如何揍同級生和追女孩的廢話……」

嗓間的不適讓少年咳了咳，唇角有秦洛熟悉的微嘲，「洛，我還在，只是換了一個身體……」

秦洛不由自主地鬆開手，少年滑跌下來，眼睛仍看著他。

「你討厭松子酒，喜歡蜜汁烤肉，爲此蛀了三顆牙，十四歲時，薩替你拔掉了其中一顆。你在靴筒裡藏著短刀，雙手都能用槍，左手比右手更靈活。你鼻子過敏，最怕香水，和女人上床一定要對方從頭到腳洗乾淨……」

一件件隱私被輕易道出，過去的一切毫無困難地再現，秦洛從憤怒到錯愕，又轉成茫然不可置信。

少年終於停下來，「還要我說得更多嗎？」

「不可能！你……菲戈……不……」秦洛語無倫次，荒謬的現實，混亂了他的邏輯。

「很難得你有這種表情。」陌生的少年，熟悉的語氣神情，恍惚疊映出另一張面孔，「還是不信？」

「如果不是菲戈，那就只可能是鬼魂……」秦洛點頭又搖頭，眼前的情景離奇而不可思議，許久後，他終於找回理性，想起錯亂的肇始者，「她到底對你做了什麼？」

「我不知道。」少年用菲戈慣常的表情思考了一下，又低頭打量自己，同樣困惑不解，「我不清楚他是怎麼做的，當時的情況很奇怪，我看見我燒焦的身體在另一個地方……」

「他？」秦洛抓住了重點。

「一個倨傲的老頭，她稱爲『柏格導師』。那個房間裡，有各種古怪的儀器！」

秦洛的思維又一次被驚愕佔據，這個晚上面對的一切匪夷所思，他第一次覺得腦子有點轉不過來，「她帶你進了C區？我知道那裡藏著帝國最核心的機密，究竟是什麼東西？」

秦洛所知的柏格僅有一位——研究中心以執拗難纏聞名的柏格準將。研究中心，他不算陌生，但只對A區印象深刻，柏格主導的神祕C區卻從未有機會踏足，瞭解程度完全空白。

少年皺了皺眉，描述起所發生的細節：「我不清楚，她把我從水牢帶到一個試驗室，只有她和那個老頭，還有這具……屍體在。那個人提到神之光，注射後，我的意識有點模糊……回復神智後，我能聽見他們的交談，但完全無法支配身體，柏格說這只是暫時現象……而後伊蘭殺了他，把我交給了你……」

「神之光……」幾個字勾起了某些片段，秦洛深想下去，思緒突然停頓。

她殺了柏格準將!?

「洛，我必須回去。」少年掙扎著站起來，身體踉蹌，「出了這樣的事，公爵不會放過她，伊蘭會被她父親撕成粉碎！」

「回去能做什麼?你根本進不了基地，更別說當黑騎士救她！」秦洛已確信無疑，上前扶住他，「別想太多，再怎麼樣，公爵都不會殺掉自己的親生女兒。」

「現在或許還來得及帶她出來！」少年壓抑的氣息急促而焦灼。

秦洛箝住他，「是她自己不願走，否則，她盡可以跟我們一起離開。她費盡心思救你，不是爲了讓你愚蠢地送死！」

「你不懂公爵對她有多冷酷！」激動的情緒令聲音瘖啞，停了停，少年才又說下去，「她到地牢看我，額上帶著傷口，半邊臉全腫了，只因爲公爵知道她曾和我一起……他不會原諒她，天知道他會怎麼對她，我不能這樣逃走！」

「好，我明白，但船已經開了，」秦洛放緩了語氣，改以事實勸說，「別說找條舢板划回去，你我都不懂划船，船長也不可能讓我們僱用他的水手，一切只有等靠岸再說。聽著，我知道你很擔心，但目前公爵人在帝都，無論她做了什麼，基地都得等公爵回來處置，她暫時不會受任何懲罰。到了南方之後，我再派人打聽，假如情況嚴重，你從陸上趕過去也來得及，如何？」

「伊蘭她……」

「被我捆起來，或者憑現在的身體游回去，你只能二選一。」秦洛截斷他的話，態度極其堅決，「我保證她死不了，反之，如果你死了，一切將毫無意義！」

少年沉默下來，秦洛在他身邊坐下，在地板上伸直長腿。

過了許久，狹小的艙裡再度響起話聲：「死而復生的感覺如何？」

好一陣才有回答：「很好。」

「恭喜。」簡短的祝賀。

「謝謝。」同樣簡短的回語。

無法控制唇角的弧線，秦洛勒緊摯友的肩，笑出了眼淚，「歡迎回來！你這混帳。」

「你得換掉這身軍服。」翻開行李箱，秦洛掃了一眼，搖頭，「麻煩的是你變小了，暫時將就著穿我的衣服，下船後再買新的。」

好不容易恢復了一點力氣，少年接過拋來的衣服，換了起來。

「等等！這是什麼？」秦洛盯住他裸露的背，神色微變，「NO.137？」

黑色的紋章在背肌上宛如刻印，研究了半晌，秦洛皺起眉，「這個記號我在帝國機密案卷裡見過，似乎是項目代號，137一定是這具身體的編號，你最好小心點，別讓人看見了！」

套上的襯衣顯得很大，少年捲了捲衣袖才露出手腕。

秦洛取笑：「現在你比潘還小，她替你選了和以前相同的髮色、瞳色，加上這張臉，我得說她挑得不錯！」

少年勉強扯了扯唇角，沒有說話。

「別想了，一切等下船再說。」秦洛拍了拍朋友的背安慰，「我只訂了一間房，你睡床上吧！我再去要一床毯子。」

時至深夜，船艙裡有些悶。秦洛點燃一根煙，盡力平復激動。

菲戈活著，必須全盤考慮細節，絕不能有任何意外。

假設這具身體屬基地研究中心所有，必然有相關資料，一旦事發，來自帝國的通緝將是最棘手的難題，就算有天衣無縫的身分文件也難免麻煩，除非前往人煙稀少的偏遠地域……

聚精會神的思考被哄鬧嘈雜的人聲打斷，秦洛略一掃視，發現艙內的旅客全擠在甲板上，他好奇地扶欄而眺，立刻驚呆了。

這艘船極大，船行速度不快，從船尾方向依稀可見遠處的休瓦城影，上方黑沉的天空被紅光映亮，冒著濃煙的地方似乎是……

「那個位置應該是休瓦城外的軍事基地，看來火勢不小，」說話的是上船時幫了他們一把的男人，他正與侍從交談，「有點奇怪，據說林公爵行事嚴謹，不該有這種意外啊！」覺察到秦洛在側，男子停住話語，禮貌地點頭致意。

無心再看，秦洛走回內艙，驚駭到無以復加。

是她放的火！爲了燒掉一應資料，毀滅追緝的線索，讓菲戈徹底重生！

私縱死囚、擅殺準將、在帝國最重視的研究中心公然縱火，她……秦洛無法再想下去，思緒亂成一片，在艙外待了許久才推開門。

狹小悶熱的艙室內，俊美的少年並沒有睡，靜靜凝視著木匣，深邃的眼眸幽暗如海，神色靜謐而溫柔。

船行海上，浩蕩的水面遼闊而壯麗。

海船上載著各種各樣的旅客，輕裝出行的貴族擁有獨立居室，窮困的貧民十幾個一堆地擠在底層通艙。

秦洛以化名訂了上等艙，這一層淨是衣著體面的男女。

航行中仍講究穿戴的貴婦人一身珠寶，由伴婦陪同在甲板上散步，風度翩翩的男士們客套地寒暄，話題不外乎牌局、馬球、打獵與豔遇，這正是秦洛熟悉的世界。

數日過去，秦洛漸漸習慣了好友的新身體。見菲戈安然無恙，船行又無聊，他在艙室待不住，開始計畫獵豔，臨出門前彈給菲戈一張卡片。

「你的新身分。」

「修納？我記得這是傳說中犯了重罪而被神毀滅的惡魔。」

秦洛毫無歉疚地壞笑，「她又沒說是你，我隨便取的。」

過去的菲戈，如今的修納，不在意地翻了下卡片，「也好，很適合。」

「你也出去透透氣，悶在艙裡會發黴的。」熟練地打好領結，秦洛擠擠眼，輕佻地暗示：「甲板上的好風景更多！」

帶著鹹味的風乾淨清涼，海鳥追逐著鳴叫，翻湧的浪花，浮蕩著雪白的泡沫。

仰望著碧藍的天空，修納忍耐著強迫自己適應明亮的光。

幽閉地牢裡的幾個月，在他的靈魂中留下了深深的烙印。沒有風和光的濁臭水池，他曾以為自己會在黑暗中腐爛至死，直至沐浴在陽光下，潛意識仍有克制不住的畏縮感。

攤開手掌，修長的指節白皙完好，肌健靈活有力，雖然暫時不及昔日的力量和靈巧，但反射神經優異，內在潛質極高，唯一欠缺的僅是訓練。

這是伊蘭所給予的全新生命！

帶著香風的女人行過，遺下一方精緻的手帕，走出兩三步後，她停駐不動，蕾絲傘下一雙興味的眼放肆地打量。精心描繪的妝容遮不住時間帶來的衰痕，累累的寶石戒指光彩奪目，卻無法遮罩鬆弛長斑的手背。

覺察到視線，修納中斷思緒，抬起頭。

衣飾華麗的貴婦倨傲仰首，示意他撿起手帕，意圖昭然若揭。

他怔了一瞬，啞然失笑，懶於應對，索性起身走開。

眼看青春誘人的獵物要逃走，貴婦敲了敲羽扇。

兩名隨侍擋住修納，輕蔑的低語帶著惡意的威脅：「不長眼的小子，這位夫人隨時可以讓船長把你丟下海！」

修納眼眸微沉，突然，一個彬彬有禮的聲音替他回答了：「抱歉，這位少年是上等艙的客人，夫人或許認錯了。」

一個年長的男人走近，相貌端正溫厚，氣質儒雅，臂彎裡挾著幾本厚重的書。

「溫森伯爵，想不到您也在這條船上。」貴婦厭惡的神態一閃而逝，執著羽扇的手輕搖，侍從退到一邊。

「真是愉快的巧合！」溫森伯爵優雅地躬身，「好久不見，夫人依然康健。」
貴婦令人不快地笑了一聲，聲調尖刻地道：「真是意外！我以爲您已經流亡國外了。」
「由此可見謠言的荒謬。」無視嘲弄，溫森伯爵依然言辭溫和，「請原諒冒昧的打擾，我正巧有事要詢問這位少年。」
敷著厚粉的貴婦僵硬地諷刺：「您結交的對象總是令人驚訝！」
溫森伯爵微微一笑，「抱歉！祝夫人旅途愉快。」
告別了尖酸的貴婦，溫森伯爵與修納並排而行，和靄提醒：「你最好離那位夫人遠一點，她的風評不怎麼好。」
「謝謝。」
溫森伯爵十分敏銳，「看來你並不需要幫助，或許是我冒失了。」
修納笑了笑。
溫森伯爵仔細地看了看他，含蓄建議：「這一層權貴較多，你的相貌和……衣著，可能會帶來一些麻煩。」他的俊貌相當惹眼，衣服卻極不合身，在上等艙顯得格格不入，很容易引起曖昧的聯想。
修納對沿途投來的目光卻視而不見，「搭船的時候很匆忙，來不及準備行李。」
「請容我冒昧，那個帶你上船的人是你的……」

「朋友。」

溫森伯爵眞誠坦蕩地解釋：「抱歉！因爲上船時他對你很粗魯，令我生出不必要的疑慮，希望你不介意。」

修納單純感到詫異，「像閣下這般好心的貴族很少。」

「我明白你的意思。」溫森伯爵不在意地一笑，爲他的話嘆了口氣，「但請相信，並非所有貴族都如剛才你遇上的……那麼糟糕。」

那種微悵的笑讓他想起某個人。

清澈的綠眸碧若湖水，長長的睫毛輕閃，襯得雙瞳深楚動人，柔美的唇角含著笑意，彷彿春風中綻放的美麗薔薇。

她是那樣美，又是那樣沉靜，獨特的精緻彷彿融入了骨血，無論任何舉止都異常優雅。嚴謹的貴族教養造就了她的氣質，也塑造了她溫柔自制的性情，只有在他懷裡，她才會展露眞實。

初見時，她還有健康的神采，卻隨著時間推移，一點一點地蒼白憔悴。

她的壓抑掙扎，他全然無能爲力，甚至一度給予了最難堪的傷害。她沉默地忍耐，命運卻報以無止境的殘忍，榛綠的明眸最後成了絕望的死水……

即使閉上眼，陽光仍然刺痛了雙眸，修納猛然坐了起來。

正午的甲板一片空寂，只有兩、三個人在遮陽傘下休憩。

遠處看書的人被驚動，望了一陣，合上書走過來，赫然是前幾天見過的溫森伯爵。

「你臉色很糟，需要我替你叫船醫？」溫森伯爵關切地察看他的神色。

「不，謝謝。」修納抑下心事，無意掃到溫森伯爵手中的書，目光停了一刻。

他記得這是一本禁書，其中有關於貴族與帝國的剖析，犀利的觀點極其大膽，此刻卻出現在一位伯爵手中。

注意到他的視線，溫森伯爵有一絲意外，「你識字？」

修納答非所問：「我以爲貴族會希望燒掉它。」

「你看過這本書？」又一次驚訝，溫森伯爵望了修納半晌，翻了翻書頁，「就常規而言，或許如此，但個別貴族例外，比如它的作者。」

沒想到遇上一個讀者，溫森伯爵由衷感到高興，在他身邊坐下，「能否說說你的感想？」

修納沉默。他從未想過，這本書竟是出自貴族之手！

溫森伯爵微微一笑，一字不差地背誦了大段指責貴族濫用權力的篇章。

驚異漸漸平息，修納重新打量著他。或許早該想到，書中不少驚世駭俗的思想，需要極高的眼界，還需要將書稿付印刊行的金錢及特權，這些絕非平民所能辦得到的。

「很驚訝閣下居然置疑貴族階層存在的意義，」修納謹慎措辭，「畢竟您是伯爵。」

溫森伯爵身上有種安然沉穩的氣息，「寫作的時候，我僅是旁觀者，智慧與地位財富無關。」

「既然您認爲現存的階層已經腐朽，爲何又提出保留貴族的必要？」

「在平民眼中，貴族是令人厭憎的存在，苛刻暴戾、爲所欲爲、肆無忌憚地搜刮金錢，爲自己掘墓而不自知。」溫森伯爵委婉地措詞，平和地分析，「但另一面，卻又有長期薰染而成的上乘品味，領會文明精髓需要數代優渥的環境及藝術教育，注定只能是少數人。

貴族研究精緻的美食，寫出細膩的詩歌，欣賞戲劇與音樂，通過贊助有才華的藝術家而催生出極致的傑作，他們的眼界決定著文明提升的方向。沒有貴族或許能減少一些苦痛，但也將是一個庸常無智的社會！」

修納的視角卻與溫森伯爵迥異，「無論有什麼樣的優點，仍改變不了貴族寄生蟲的本質！」

溫森伯爵苦笑了一下，「當然，也可以換另一種說法。他們吸取養分，綻放精華，就像樹木上開出的鮮花。」

「鮮花過盛的樹木，第二年便會枯死。」修納的話語冷淡而鋒銳，「恕我無禮，被吸血的人可不會為螞蟥的存在而欣悅！」

溫森伯爵並不介意他尖銳的言辭，眼中閃著睿智的光，「上層貴族及皇室確實擁有特權，並且貪婪地濫用了特權。他們本該以公正的態度治理帝國，用法令和智慧引導各階層保持平衡，卻為私慾而扭曲了法律。最可怕的是，上位者缺乏仁慈，以暴力和殘虐的手段壓制民眾，長期教化下，民眾也變得異常冷酷無情，對世事毫無憐憫，僅剩下詛咒和憎恨！」

從修納有記憶以來，生存就是一項艱辛而坎坷的挑戰，從未展示過溫情脈脈的一面。貧民區的人對嚴苛的責罰和殘忍的酷刑習以為常，並時常將學自貴族的手段用在某個倒楣者身上，從不認為有什麼失當。

溫森伯爵顯然對這樣的現實另有見解，智慧的臉龐憂鬱而沉重。

「當整個社會都變得殘忍無情，貪婪和自私橫行，毀滅也就為期不遠。商人及工廠主極其富有，不滿於傳統限制和不斷增加的稅收，在議會收買了代言人，將供養貴族的稅務轉嫁給平民。低級貴族僅有名義上的尊榮，對高階貴族的輕慢深懷不滿，而最具地位的人卻只懂得緊抓權力。各種階層徹底對立，皇帝陛下無計可施，帝國實質已近分裂，只在等一個互相廝殺的時機！」

修納禁不住反問：「既然閣下洞悉根由，為什麼不建議取消特權，推行新稅令，消解激化的矛盾？」

溫森伯爵十分無奈，「持有權力的人永遠不肯讓出利益，哪怕會因之滅亡，任何觸動他們利害的舉措，只會讓崩壞加速，僵化的機制運轉太久，已經失去了調整的可能！」

似乎預見了異日的情景，他的情緒變得消沉，「或許某一天巨變將改變這個時代，憤怒地擊碎一切，無論美醜好壞。民眾的怨恨猶如磨石，將復仇之刃研磨得鋒利無比。仇恨越盛，變革時與舊秩序的決裂就越徹底，他們會拒絕皇帝的安撫，拒絕溫情的訴求或恐嚇的拖延，用最絕決的姿態橫掃一切，而後……」

憐憫地嘆息了一聲，他緩緩道：「而後他們會像嬰兒一樣茫然，民眾空有毀滅的慾望，卻對毀滅後隨之而來的一切一無所知，最終落入投機者的掌控，淪爲野心家的棋子。我只希望這一過程盡量短暫，海嘯過後仍能殘存部分精華，不至於悉數崩毀。」

修納靜默了一陣，道：「那麼之後又如何？」

溫森伯爵摩挲著書本封底的地圖，彷彿從歷史高處俯瞰，「野心家憑力量與機遇擁有權位，重複另一個時代的輪迴。又或許……」

「分裂？我認爲這個可能性更高。假如缺乏強有力的統治者，帝國會出現多個拉法城！」

「沒錯，幾個虎視眈眈的鄰國尤其希望如此。」沒料到修納有這樣的見解，溫森伯爵藏住驚訝回答：「儘管帝國近百年不曾與外敵交戰，但並非永久，特別是一個大國的衰弱，鄰人都會嘗試從它身上咬下點什麼，尤其是里茲國。」他隨手在紙上畫出簡略地形圖，「里茲與我國相鄰，長久以來，他們一直缺乏一項重要的資源，猜猜是什麼？」

「鐵。」修納接著說下去，深眸漾起洞悉的冷意，「里茲的工業，全靠我國的鐵礦。」

溫森伯爵欣賞地點點頭，「鐵是大國的骨骼，里茲國對此垂涎已久，雖然兩國之間的藍郡是雙方默認的緩衝帶，可假如西爾崩潰，他們一定會毫不猶豫地越過藍郡入侵，首當其衝的就是土倫城。一旦打下土倫，有了立足的據點，緊鄰的鐵礦豐富的尼斯城，就成了他們的囊中之物！」

修納插口道：「他們甚至不必用兵，只需以軍力威脅和重利相招，尼斯城就會投入他們的懷抱，崩散的帝國無法開出更優越的條件。」

「沒錯！」激起了深談的興致，溫森伯爵動筆將邊際線延伸過去，「土倫城、尼斯城，一個接一個，分裂的行省無法對抗里茲，將逐一被侵佔。百年……或許用不了這麼久，吞併的資源和里茲的富庶將加速這一過程，最終他們的領地將會到達這裡。」他重重一筆，劃到帝國另一端的邊界，「里茲的殖民地——西爾國的新名字。」

「必須重新崛起一個強勢的中樞才行！」修納下了結論。

溫森伯爵表示贊同，「而且不能太久，否則帝國將過度衰弱，難以對抗外敵的侵略。」

修納思考了片刻，道：「里茲國軍力較弱，資源也不如帝國豐富，我認為他們會很謹慎。公然入侵會激起西爾民眾的反彈，同仇敵愾絕非里茲所樂見。」

溫森伯爵越來越激賞他了，「說的對！聰明人會挑最省力的方式，而不是愚蠢地濫用槍炮。據我所知，里茲皇儲精明強幹、雄心勃勃，對政事頗有見地，很難預料屆時會採用何種手段，極可能會成為西爾的關鍵威脅！」

衰朽的帝國、窺伺的鄰人、無法預期的未來……

討論陷入了沉寂，許久後，溫森伯爵微笑道：「抱歉！此時才問或許有點奇怪，能否告訴我你的名字？」

「修納。」

「修納？」溫森伯爵帶著試探詢問：「姓氏是？」

「我出身平民，與貴族沒有任何關係。」修納明白對方想問什麼。

溫森伯爵沉吟半晌，凝視著他，姿態平和而尊重，「那麼修納，在這漫長無聊的旅途中，你是否願意多交一個朋友？」

「洛，你知道溫森伯爵嗎？」

「溫森？」秦洛正拔下靴子，聞言一愣，「你在船上遇見他了？」

修納簡略地敘述了經過，「他是個什麼樣的人？」

「我沒見過，只聽過一些傳聞。你最好離他遠一點，那傢伙假如不是伯爵，恐怕早進了審判所！」躺在地鋪上，秦洛打了個呵欠。午夜的一場風流情事消耗了不少體力，他已經有了濃濃的睡意。

「說詳細點。」

被踢了一腳，秦洛勉強提起精神回應：「溫森的出身相當高貴，像林家一樣，是西爾國最古老的名門之一。據說他學識修養極高，可惜太不識趣，時常寫一些駭人聽聞的東西，讓皇帝陛下和議會極其不滿，最後礙於家族關係，將他軟禁於領地，終生不許踏入帝都，禁絕一切著作。」

修納覺察到話中的漏洞，「既然禁止離開領地，伯爵怎麼會出現在這條船上？」

「誰知道，也許陛下又有什麼新的敕令。」秦洛不以爲然，他對失勢的伯爵不感興趣，扯過薄被覆上，很快地陷入了深眠。

黑暗中傳來均勻的鼻息，船輕輕搖晃，走道上有隱約的調笑低語，一切寧靜而安逸，這是眞實存在的現實，而非地牢裡的夢境。

修納枕著手臂，凝望弦窗外燦亮的星空，久久無法入睡。

17 智者

溫森伯爵為人謙遜低調，品味高雅，見解獨特，對時局點評切中利害，總能將紛繁的情勢三言兩語剖析分明，開闊的思維加上智慧的見解，令修納受益匪淺。

在漫長的航程中，兩人的交流更像是授課。溫森伯爵深入淺出地談論制度、君主、議會、地緣政治、階層衝突等主題，從學者的角度解析。他並引領修納接觸各類學說及軍事研習，諸如稜堡攻防、火炮運用、兵勢優劣等等，甚至教他學習上流社會的談話技巧、禮儀規範、品酒擊劍……廣褒的學識，令人嘆為觀止。

儘管不懂溫森伯爵為何慷慨無私地傾囊而授，但修納確實從中獲得了極大的提升，以前所未有的視角認知事物，眼前彷彿展現了一個全新的世界。

時間飛一般滑過，當船駛近帝都，兩人的友情也已積澱深厚。與秦洛兄弟般的情誼不同，溫森伯爵像一位全方位的導師，親切和藹，又倍受尊敬。

「書恐怕會給你帶來麻煩，所以我送你這個。」臨別前夕，溫森伯爵將一套衣服交到修納手中，「我讓僕人把衣服改了一下，希望你不介意這微薄的贈禮。」

簇新的衣服熨得乾淨筆挺，修納接在手中，一時無言。

「修納，你很特別！以你的頭腦加上堅毅的性格，注定將有所成就！」溫森伯爵話語微頓，神色不無惋惜，「可惜這段時日太短，假如有機會進皇家學院修習，對你會更有幫助。只是，平民必須有推薦信，而我目前又處境不便……」他沒再說下去，像對待紳士般與修納握了一下手，「很高興和你度過這段愉快時光。」

「我很好奇，」疑惑在心底盤旋多時，修納最終問出來，「爲什麼教我？您眞不明白我會怎樣運用這些知識？」

「我有一種奇怪的預感，你會爲這個時代帶來某種變化。」溫森伯爵意味深長地眨了下眼，心照不宣地道：「就個人而言，我很期待。」

「即使可能出現您所不願見的局面？」

「那也是神的旨意，就如神讓我們相遇。」溫森伯爵含笑而答。

修納凝視他良久，深深鞠了一個躬，不是對貴族，而是對一位尊敬的長者致禮，「多謝閣下的教導，但願再次重逢不會令您失望。」

「哦……」溫森伯爵緩了一瞬，平淡地答道：「我想不太可能，儘管我在船上相當自由，實質上卻是被帝國判處死刑的犯人，如今既然押送到終點，時間也不多了。」

死刑犯!?修納不可置信地盯著他。

長達數月的講授期間，溫森伯爵自始至終從容不迫，從未流露過半分即將面臨死亡的陰暗。

溫森伯爵平靜地翻著心血凝成的著作，「我寫的東西不被時代所接受，某些文章讓一些議員感到不安，受到這樣的判決已經很僥倖，至少逃過了審判所。」

「您身邊有六名衛兵？」一瞬間作了決定，修納掃了眼距離溫森伯爵十步外的護衛。

「謝謝修納，你無須替我設法逃走。」溫森伯爵溫和地拒絕，坦然自若，彷彿死亡不過是一場遠遊，「命運女神對我十分寬厚，既讓我生而得享優裕自由的生活，又讓我領悟到學識與思想的樂趣，甚至還能將淺薄的思維編著成書，留給後世，我已十分滿足。」

修納蹙起眉，「爲您的見解和智慧而死？我不認爲合理，該死的是下這道愚蠢命令的人！」

「感謝你替我不平，一些朋友也曾爲挽救我的生命盡過最大的努力，但，判決已是無可更改。」摘下單片鏡慢慢擦拭，溫森伯爵睿智的雙眼，蘊著看透世事的沉靜，「我的思想對皇權與貴族而言是毒藥，他們不願看見隱在表層下的激流，寧可閉上眼睛，掐滅警告的聲音。這個帝國腐朽、墮落、搖搖欲墜，而又拒絕任何改變！」

「與其聽憑那些朽爛的議員裁斷，不如活著見證未來。」修納換了一種方式勸說，「難道您不希望親眼驗證歷史的走向？」

「修納，我得承認你的話很有誘惑力。」溫森伯爵目光閃了一下，相當愉悅地笑了，「可我不能，陛下給了我特權，我卻用這特權去置疑自身階層的存在意義，這已是一種背叛。何況，我因家族才得以獨立寫作及思考，同樣負有責任維護家族榮譽，不能讓它因我而蒙上污名。既然我做爲一個貴族而生，也該像一個貴族而死。」

「我不能看著朋友無辜送命！」修納並不放棄，「逃走不會傷害任何人，眞正的親人摯友都不希望您毫無意義地死。」

「謝謝你，修納，很高興能在結束前遇上你。可我不願挑戰法律的尊嚴，儘管這尊嚴已被濫用，請你理解。」溫森伯爵意志堅決，儒雅的面孔初次呈現出貴族的驕傲，「你的人生才剛剛開始，擁有廣闊無邊的前景。請替我看帝國的演變，這樣縱然離去，我仍能與世界同在。」

勸告對心意已決的人徒勞無用，修納唇角緊抿，下頜僵硬。

溫森伯爵示意他坐下，倒了兩杯紅茶。他不在乎近在眼前的死亡，反而對這個新交的朋友興趣十足，「我一直詫異，你的年齡與思考方式全然不符，能說說你的經歷嗎？就當是滿足一個垂死之人的好奇。」

修納靜默了很長時間，「您相信人有靈魂？」

「靈魂？」沒想到會突然提到這問題，溫森伯爵想了下，「那是神話，與這有關係？」

「您有豐富的學識及廣博的見解，是否曾設想借助某種特別方式，使一個人的靈魂轉移到另一具身體。」修納的聲音輕而沉。

「你是說……」溫森伯爵露出難以理解的神態。

「或許您所見到的我，並非真正的我，僅是這具軀殼的借住者。」

理智一方面讓溫森伯爵拒絕相信，另一方面，他卻開始思考真實性及可能造成的影響。

「你是想說靈魂交換？像……」

「像換一件衣服。」修納述說著聽起來不可思議的妄想，「比如將衰老的、醜陋的、毀損的肉體置換成年輕健康的身軀。」

「不！不可能！」以學者的頭腦思考了片刻，溫森伯爵漸漸察覺出其中的荒謬，「這將導致可怕的混亂，絕不可能有這種方式。你是在開玩笑？」

話到嘴邊又斟於保留，修納選擇了模糊應對：「或許。」

「誰能擁有神靈的力量？」溫森伯爵並不相信，卻情不自禁地衍生推想。

他能感覺出修納身上有某種特殊的東西，與年少的外貌截然不符。或許是眼神中潛藏的成熟冷定，或許是某種內斂的鋒銳，讓他的氣質矛盾難解。

還記得初見是在休瓦，當夜基地大火……

「休瓦研究所!?」溫森伯爵脫口而出。

休瓦基地中藏著帝國最機密的研究中心，由最具威望的將軍坐鎮。議會慷慨撥款，耗費天文數字的資金，卻沒人知道究竟在研究什麼……

修納眼眸微閃，無形印證了猜測，溫森伯爵的神情變成了悲憫，「天啊！不該有這樣的技術，它會帶來恐怖的災難！假如是真的，我只能向神靈祈求寬恕。」

修納緘默不語。

溫森伯爵越想越驚悸，冷靜消失無蹤，「不，它會導致秩序的崩壞。本該入土的亡靈將永遠緊握權力，死神也無法令他們避退，社會失去更新的力量，停滯不前，自然的迴圈將被人為惡意扭曲。修納，請告訴我這僅是出自虛構，並非真實！」

「對，這只是臆想，請忘了它。」沉寂片刻，修納如願地否定，臉龐卻無絲毫笑意，「抱歉，我開了一個不恰當的玩笑。」

溫森伯爵鬆了一口氣，臉上仍帶著將信將疑的惶惑，理智與常識割裂了思維，隱憂縈繞不去。

黃昏時刻，船靠上帝都碼頭，被衛兵押送下船的最後一刻，溫森伯爵轉過頭，盯住送別的朋友，「修納，假如……假如你所說的玩笑屬實，請毀了它，否則終有一天，人類將被自己毀滅！」

這位高貴的智者對逼近的死亡毫無畏懼，卻為縹緲難辨的遠景憂心忡忡。帶著滿腹憂慮，溫森伯爵在士兵列隊押送下漸漸遠去。

「眞是個傻瓜！」秦洛在修納身畔目送溫森伯爵的背影。

「他是眞正的貴族。」修納倚著欄杆，長久凝望，沉思的眼眸深不可測。

短暫的給養補充完畢，船再度啓航，隨著一聲長鳴，駛向了未知的彼岸，將黑暗的帝都拋在身後。

遙遠的天際逐漸亮起了晨星。

懊熱的八月，懊熱的南方城市。

秦洛對新調任的城市滿意至極，儘管職位是平調，但從休瓦調到富庶的南方，他的腰包無疑將在短期內飛速膨脹，累積的金錢將成爲打通下一步關節的重要助力。

當地人精明勢利，一眼看出新調來的上校野心手段兼具，又正卡住稽查這一肥差，無須過度提點，金幣便嘩嘩地流入了他的口袋。所以，秦洛很愉快，非常愉快，假如不曾接到遠方的來信，他的好心情會持續更長時間。

反覆把信看了三遍，確定上面每一個字的眞實性，秦洛用打火機燒掉了密密麻麻的信紙，看著潔白的紙箋化為灰燼，靠在椅背上久久發呆。

新的住宅是一幢漂亮的別墅，灰色的磚牆上爬滿青翠的綠藤，庭院噴水池中立著吹號的天使，內廊襯飾精美的壁畫，裝潢舒適而典雅。

秦洛走近長廊盡頭的擊劍室，並不急於推門，在長窗外佇立了一陣。

修納正與幾名軍人激烈地格鬥。

他瘦弱的身形變得靈活有力，蒼白的肌膚煥發著健康的光澤，修長的肢體呈現出勻稱優美的肌肉線條。從最初的挨打到教官難以抵禦的強悍，僅僅在數月之間。

這是訓練的一部分，同時進行的，還有射擊與刀術。修納的目標是用最短時間恢復昔日的矯健，顯然已經成功了。

秦洛注視良久，終於推開門。

修納聽見聲響，抬起頭，立即中斷了搏鬥。秦洛揮了揮手，如釋重負的軍人幾乎是用爬的爬出室外喘息。

修納的頭髮如水洗過般濕透，汗順著髮梢滑落，緊緊盯著他，「怎麼樣？還沒收到消息？」

「她還活著。」從休息區的銀盤中拈起一塊甜瓜，秦洛極慢地啃咬，盡量輕描淡寫，「由於殺了人，事情鬧得有點嚴重，她被剝奪軍職，祕密囚禁，大概要關上一段時間，待事態平息後再行釋放。」

「囚禁？」扣在桌沿的指節發白，修納閉了一下眼，「沒有其他傷害？」

秦洛扯過毛巾拭手，「沒有，畢竟她是貴族。但前途就此中斷，終生無法洗脫污點，將來也不可能再任軍職，所以，我和她的婚約解除了。」

緊綳的神經稍緩，修納接著追問：「會關多久？什麼時候出來？」

「不清楚，或許幾個月，或許幾年。」

「能探出她關在哪嗎？」

秦洛迴避了他的視線，「休瓦基地在公爵轄下，你不可能有機會。別再妄想，你必須離她越遠越好，否則只會招來更多麻煩！」

修納盡可能抑制情緒，語調卻洩露了激動，「你要我置之不理？她是爲了我才遭受這一切！」

「那又如何？要我費盡心機幫你回去送死？」秦洛失控地吼出來，突然按了按額角，再開口時，語氣已恢復自制，「就算背上罪名，幾年後她仍是公爵小姐，依然不是平民所能奢望，你們根本就不該有交集。逃過一劫已是僥倖，別再妄想，忘了她吧！」

緊抿的唇不再開口，秦洛拍了拍修納的肩，沉重的心頭稍感安慰。

本以爲事情就此結束，可一週後摯友的失蹤，顯然意味著另一種回答。

帶走了少量金錢和幾件衣物不告而別，修納搭上了前往另一個城市的船，書案上只留下了一張簡短的字條——

謝謝你，洛。

放心，我會珍惜她給的命。

保重，再會。

城市的中央廣場響起了鐘聲，宣告三年一次的徵兵正式開始。

募兵處擠滿了喧鬧的人群，轟嚷擁擠地爭奪。他們多半被艱難的生活逼得別無選擇，希冀能加入軍隊混口飯吃。

過度擁塞導致人人滿腹怨氣，推撞中接連傳出咒罵。後方哄嚷得不可開交，前方的人卻忙於吸引徵兵官的注意。

司空見慣的軍官心無旁騖地問道：「名字？」

「達雷。」一個強壯的大漢回答道。

「有無犯罪史？以前是幹什麼的？」

「沒有，我是鐵匠。」

掃了一眼體格判定初審合格，軍官潦草地登記了身分，「去那邊身體檢查。」

達雷的成功激勵了後方的人群，愈加沸騰起來，接二連三地報上名字。瘦弱者被毫不留情地剔掉，再厚的衣服也擋不住徵兵官挑剔的目光。

有條不紊的篩選持續進行，一些落選者不死心地糾纏，徵兵官一概刻薄以對：「軍隊不是救濟所，只要能打仗的人，想要飯去做乞丐。下一個！」

不斷有人被刷下去，長長的隊伍卻絲毫不見縮短。佇列中擠著一個俊美的少年，在一堆臭哄哄的粗漢中格外醒目，彷彿對周圍嘲笑的視線毫無感覺，異常安靜地等待著。

隊末，一個壯碩的男人不懷好意地挨近，仗恃著懸殊的體格意圖插隊。沒人看清少年做了什麼，只一瞬，壯漢踉蹌跌退，青白著臉瞪了半天，悻悻地回到隊尾。

輪到少年時，忙碌的徵兵官頭也不抬，「名字？」

「修納。」

「有無犯罪史？以前是幹什麼的？」

「沒有，傭工。」

徵兵官抬頭一瞥，愕然脫口：「開什麼玩笑？小鬼也來應聘，滾一邊去！」

人群爆出了哄笑，紛紛嘲弄——

「滾開！小子，去找媽媽哭吧！」

「毛沒長齊就敢跟人搶！」

「就那小個頭，還沒槍高呢！」

譁然哄笑中，修納依然堅持，「我符合規定的年紀，這是身分證明。」

規定的年齡是十七，他看來最多十五，徵兵官一口拒絕：「回家吧！小子，軍隊不要你這樣的，多吃幾年飯，胳膊能拿起槍再說吧！」

人群再次哄笑，這時，一聲突如其來的痛叫，轉移了人們的注意。

在修納手中碰壁的壯漢再度插隊，毆傷了一個倒楣鬼，順利地擠進了前列。

「如果我贏了他呢？」修納突然開口。

「憑力氣絕不可能，少玩些奸猾的小把戲，我確定……」

徵兵官輕蔑的話還沒說完，修納便像一隻靈巧的獵鷹翻了出去，落在得意洋洋的壯漢面前。周圍的人眼前一花，只見壯漢被一記重踹踢出去，飛越兩三個人，撞地昏厥過去，龐大的身軀，揚起了一陣灰塵。

一片寂靜中，修納走了回來，一翻腕奪過了徵兵官的佩槍，砰一聲槍響，人群驚駭地退開，空出了一個大圈。

垂下的槍口冒著煙，百米外的鐘樓上落下了一隻鴿子。

遞還槍，修納的眼眸定在徵兵官臉上，森然令人生畏，「還要什麼條件？」

目瞪口呆了半晌，徵兵官遞過了表格。

黑暗空蕩的囚室，一個人倚在牆角，一動不動。

單薄的襯衣浸透紫黑色的血漬，微蜷的雙足似乎被高溫灼燒，呈現出怵人的焦紅。一隻髒兮兮的老鼠大膽竄近，試探地舔了舔血肉模糊的手指，受腥甜的氣息吸引，放肆地跳上了手臂……

猝然彈了下身體，修納從惡夢中驚醒。

除了零星槍響，四周很安靜，石屋中橫七豎八地躺了一地的士兵，在惡戰的間隙短暫地睡眠。

從夢境回到現實，修納抑下狂跳的心臟，竟覺得手指發軟。

不可能是伊蘭！公爵的女兒，就算被囚也不至於受刑。

理智十分清醒，心卻像被無形的利刃絞痛，無由地恐懼不安。修納下意識地按住胸口，彷彿觸摸著深藏內心的影子。

擔任警哨的達雷被聲響驚動，回頭望了一眼，「醒了？你臉色真糟！」用力擦了下臉，修納冷靜下來，通過觀察口窺視外邊的動靜，「情況怎麼樣？」

「敵人在休息，但我猜下一波攻擊不會太久。」達雷不樂觀地咒罵，「那個愚蠢過頭的霍恩真該下地獄！」

這次的局面相當麻煩！叛軍頭領蓋爾是帝國男爵，出身軍隊，在領地內實行軍事化管制，喜愛殘酷的訓練。每每心血來潮，便強令村民參與，不服從的一律重笞。這一帶土地肥沃卻收成不佳，農民面黃肌瘦，毫無疑問，原因在於蓋爾男爵隨時發作的癖好。

假如蓋爾男爵僅是過過將軍癮，鞭笞無辜，沒人會插手干涉，但他還有個招災惹禍的毛病——極度自命不凡！

蓋爾男爵對議會施政大放厥詞，甚至在賽馬會上衝撞了維肯公爵——最得陛下倚重的首席大臣。他平日的素行不良給了公爵極好的懲治藉口，自知在劫難逃的蓋爾男爵在謀反的帽子扣下前，狂奔回到領地，憑藉多年搜刮的財富和訓練有素的村民，乾脆舉起了叛旗。

維肯公爵大怒，委任親信霍恩將軍集結重兵，包圍了蓋爾男爵的領地，要求在最短時間內將這不知死活的傢伙送上絞架。可惜進入領地唯一的一座橋被蓋爾拆了，臨時搭建的便橋又無法承載重型火炮，以至於對結實過頭的稜堡束手無策。

工兵一邊趕工搭橋，一邊開掘塹壕，緩慢的進度，難以實現維肯公爵的意願。

在強大的壓力下，霍恩將軍硬著頭皮發起進攻，除了換來幾百具屍體外，別無成果。他最終找到昔日在稜堡幹活的泥瓦匠，重金獲悉了一條出入的祕道，派了先遣隊趁夜潛入，試圖打開稜堡的大門。

計畫很好，只是霍恩將軍忘了質疑泥水匠出現的時機是否過於恰好，因此，小隊落入陷阱，修納絲毫不感意外。

「幸虧你找到這個地方，我們才能撐這麼久。」達雷環視了一下作爲掩體的石屋，感慨而絕望，「可援軍進不來，子彈也快用光了，我們還是得死！」

蓋爾男爵的稜堡很大，數百年前曾經是座要塞，裡面就像一個小鎮，難怪有恃無恐。

他們此刻藏身的地方是個古老的倉庫，大批糧袋提供了他們安全而堅實的屏護。先前，他們一出暗道就遇到掃射，前排的士兵全數陣亡，倖存者憑藉屍體堆成的掩體還擊。在命運女神的眷顧下，他們逃進這座石屋，敵人儘管圍困重重，但缺乏火炮一類的重武器，一時也打不進來，雙方陷入了僵局。

「你猜蓋爾給了那個混帳什麼好處，讓他心甘情願賣命？」間諜連同先頭部隊一起被掃成了篩子，明知必死仍然敢於欺敵，這份忠誠，實在令達雷困惑。

「他只是普通的泥瓦匠。」

「你怎麼知道？」

「看他的手。」修納用長槍挑起外衣，在窗口試探地一晃，沒有任何反應，「恐怕也不是爲錢，大概有親人被扣作人質，他清楚自己的下場，眼神很絕望，可能比我們更恨蓋爾。」

「你知道？爲什麼不說出來？」達雷氣結，這才醒悟修納爲何示意他跟在後頭。

「霍恩不會信，爲了盡快攻破城堡，他會嘗試任何可能，一小隊炮灰不值一提。」修納很清楚坦誠的結果，或者被將軍以動搖軍心的罪名處決，或者事後被惱羞成怒的將軍祕密弄死，兩種都令人不太愉快。

「至少我們可以找機會逃跑。」達雷仍是滿心不甘。當逃兵雖然後患無窮，但總強過做炮灰。

「我不能逃！」修納抽出槍檢查子彈，扣上彈匣，「天快亮了，敵人很鬆懈，我要趁這個間隙逃出圍困，找機會單獨行動！」

「你瘋了！外面圍成這樣，怎麼出去？況且，我們在稜堡中，孤立無援，這樣做等於找死！」達雷瞪著眼，好像修納頭上突然長了兩隻角。

「不出去是等死。」無視質疑，修納淡瞥了一眼，「找死或等死，你怎麼選？」

18 躍升

勤務兵端著托盤走出來，餐盤上的銀蓋分毫未動。

年輕的小兵搖了搖頭，對著一旁的侍衛抱怨：「霍恩將軍心情很糟，連廚子精心烹製的勃艮第紅酒焗蝸牛，都引不起他的胃口。」

「都怪這該死的天氣，工兵進度太慢了！」一名侍衛扯了扯雨披低咒。

維肯公爵給的時限越來越近，連日的降雨卻讓便橋與塹壕的完工日遙遙無期，先遣隊又誤墮陷阱，接連的挫折，讓霍恩焦躁不已。

「這該死的稜堡結實得要命，就算有火炮也得大費周章，我看這事沒那麼容易！」另一名侍衛加入了閒談。

「維肯公爵可等不了那麼久。」勤務兵心知肚明，先遣隊全滅是小事，再沒有戰績呈報上去，將軍花大錢買來的職位就保不住了！

近侍還在私下議論，前方突然譁然喧鬧起來。

一名傳令兵飛奔而來，激動地高叫：「將軍，稜堡開了！稜堡的城門打開了，放下了吊橋……」

修納與達雷在炮火的間隙攀援而出，趁夜刺殺了蓋爾男爵的一眾親屬，在恐慌氣氛蔓延至最高點時，說服了唯一倖存的男爵的侄子吉賽投誠，隨後的一切異常順利。

這幾乎是一個奇蹟，吉賽派出的使者與霍恩將軍達成了協議，解除稜堡的武裝，全面投誠。天上掉下來的勝利令霍恩如墜夢中，一口答應了對方的全部條件。

通篇自我吹噓及讚美吉賽忠誠的信件已在送往公爵府的路上，以極其低微的代價贏取了絕對完美的勝利，被驚喜環繞的霍恩無比感激神靈所賜的好運。

接下來的半個月，霍恩的情緒一直處於異常亢奮狀態。失誤中計成了深謀遠慮，前期失利變爲蓄意惑敵，種種高瞻遠矚，彰顯出他的英明睿智，好心情的持續令霍恩對稜堡中人異常寬大，甚至破天荒地容許士兵適度搶掠。

維肯公爵以皇帝陛下的名義回復的信函，幾乎實現了霍恩所有願望。褒獎、讚揚、欣慰之情溢於全篇，並予以慷慨的金錢嘉賞。信中對吉賽的忠耿行爲高度讚賞，免去了協從之罪，許可他繼承男爵封號，並召入軍中任職。

霍恩將軍越得意，達雷就越陰鬱，盯著營帳中飲酒作樂的身影，啐了一口，「那個蠢貨算什麼東西？居然所有功勞全成了他的！」

修納自顧自地擦拭短刀，擦完了又用指尖試試刃口，確認鋒利程度。

達雷又一次抱怨：「先遣隊其他人全死了，只剩我們兩個活下來。是你殺了蓋爾，勸降吉賽，可現在全成了霍恩的功勞。他什麼也沒幹，居然還有臉吹噓！」

達雷對霍恩輕蔑到極點，修納卻一無反應。

「修納，你一點都不在乎？你到底爲什麼從軍？」達雷越來越不懂這個與他一道出生入死的同伴。

修納終於回應，淡淡地警告：「你也該發夠牢騷了，再說下去，霍恩可不會容忍。」

「他能怎麼樣？事實上……」

修納截口：「事實不重要，重要的是，我們活著從稜堡出來了，而且升了三級。」

「區區一個準尉。」提起這事，達雷怒氣更盛，「你漂亮地攻下了整座稜堡，最後只給一個小小的準尉，連少尉都不是！」

「慢慢來。」修納的提示微妙而隱晦，「達雷，平民如果升得太快，是會短命的！」

達雷粗豪但不愚蠢，被修納一言挑破，頓時省悟過來。

一直有傳聞說，霍恩心胸狹隘，對於過於出色的下屬處處提防。甚至有流言說，他曾將某位親信送去與死神爲伴，只因對方偶然獲得了皇帝陛下的一句讚語。

半晌後，達雷再度開口，憤懣的意氣已消失無蹤。不再談論霍恩，他轉入另一個疑問：

「修納，憑你的身手和頭腦，做貴族護衛可以掙得更多，爲什麼偏要加入軍隊冒險？」

修納沒有迴避地道：「對你，我不想說謊，我將盡一切可能向上爬，爭取足夠的權力！」

「平民出身最多做到中尉，你不可能打破這一慣例。不如爲某個欣賞你的貴族效力，憑你的頭腦應該很容易，這比當中尉強得多！」從激憤中清醒的達雷，已對軍中前途完全失望。

修納輕磨短刀，眸色森冷，「那種依附而來的東西沒有用，必須是徹底屬於我的權力！」

「誰不想要地位？可平民根本不可能！」達雷不樂觀地道。

修納笑了笑，不再繼續這一話題，「達雷，夢境會不會預示現實？」

「什麼？」達雷掏了掏耳朵，見修納神態認眞，才確信自己沒聽錯，「我又不是算命的娘兒們，怎麼會知道？你作惡夢？」

修納沉默了，他怎麼也無法說出口。

那個夢……他很害怕。

帝國皇家軍事學院古老而輝煌的大門通常僅向貴族精英敞開，但偶爾，平民中也有極少數攀附上貴族的幸運兒能獲許進入，作爲放棄功勳的交換條件，修納得到了一份蓋著貴族印鑒的入校推薦信。

罕見的幸運者將與貴族子弟一同受訓，完成繁重的課程順利畢業後，將迥異於一眾因出身而受困的低級軍官，贏得向上爬升的可能。

比起戰場和貧民區，學院高年級生的惡作劇猶如兒戲。在修納恰如其分地展現實力之後，學院慣有的針對新生及平民的欺辱消失無蹤，取而代之的是敬畏與距離。

學院淨是貴族背景，家世反而淡化，沉默少言卻異常強悍的修納彷彿新奇的野生動物，成了異類。修納對此毫不在意，也極少與人交際，他的精力全放在吸收新知識上，每天睡眠的時間很少，空閒幾乎全耗在圖書館和練習場。

「修納。」室友威廉走進宿舍，打斷了沉於閱讀的室友。

威廉有一頭褐髮，頭腦敏捷，個性隨和，在學院裡朋友眾多。他對修納極具好感，時常主動攀談，這次也不例外，「別看了，沒發現宿舍樓全空了嗎？試煉之路開始了，我們去看看今年有沒有人能成功。」

「試煉之路是什麼？」這奇異的名稱勾起了修納的好奇。

「你沒聽說過？」威廉驚訝後又恍然，拍了拍自己的額，「差點忘了你是半路入學的。

試煉之路是學院兩年一次的考驗，只要修完必要的學分就能報名，通過的人可以提前畢業，學院還會向軍方特別推薦，假如從軍，會很有幫助。」

提前畢業？

修納分了一下神，合上了未讀完的書。

19 英雄

試煉之路，林晰沒能闖過去，他成了林氏家族有史以來的第一個失敗者。

這讓學校中各色異樣的目光更盛，也讓他心如刀絞，愈發孤僻，在這時候，他意外地結識了一個朋友。

或許是因爲全力以赴的就學態度，又或許相似的獨來獨往的習性，一些共同點讓林晰不知不覺放下了防衛，隨著他與修納這個一年級的學弟接觸越多，他越覺得對方難以捉摸。

修納話很少，兩人之間的對談大多是課業的交流，從不涉及私事，這反而讓林晰安心。見慣了各種心懷目的的人，修納是罕見的例外，時間久了，林晰漸漸放鬆，有時甚至會開起玩笑。

「蘇菲亞今天沒纏著你？」

戲謔未落，林晰手上的劍猝然被修納一記花式挑飛，再次輸掉了一局。

修納扔下武器，扯了塊布巾擦手，對問話置若罔聞，「你不該分心。」

在修納手中落敗，林晰習以爲常，一邊回想方才的較技，一邊打趣：「蘇菲亞的熱情還不夠融化你的心？她可是學院出名的美人，父親又是伯爵。」

「她找錯對象了。」

林晰聳肩，「那只能怪你在升等考試時太惹眼。」

在年級考核中，修納直接撂倒了教官，這消息不到一天便傳遍整個學院。令人側目的實力加上惑人的外貌，縱然出身平民，仍無法冷卻貴族小姐傾慕的芳心。

「不過我能猜到原因，你在試探教官的實力，為將來的試煉鋪墊。」林晰看著朋友的側臉，神色複雜，「坦白說，我很希望你失敗。」

修納毫不意外，「我知道。」

「為什麼這麼著急？你一開始就打算兩年內畢業？」

「也許是因為我付不起四年的學費。」

學院每年的學費的確非常驚人，這回答似真似假，林晰一時難以分辨，「我一直好奇，你入學的錢是從哪來？」

「我受男爵推薦。」

林晰暗中調查，卻一無所獲，索性直問：「我不認為吉賽男爵會如此慷慨，除非你們有私下交易。」

「或許。」修納笑了，對他警惕的心性相當讚賞。

敷衍式的回答令林晰難以忍受，「修納，我當你是朋友，你能否像朋友那樣坦誠？」

「我以為朋友該期望對方獲得勝利。」修納輕易把話題帶回。

林晰一窒，半晌才道：「我只是覺得……假如你有什麼麻煩，或許我能幫忙。」

「謝謝，不過很可惜，」拎起掉落地上的劍，刷一聲插回劍架，修納的眼神轉為冰冷，「除非你已是公爵。」

林晰皺起眉，剛要說話，突然，一道甜脆的嬌音插口——

「比起距離爵位遙遙無期的人，我父親會給你更有力的幫助！」

金色的捲髮披散肩頭，嬌俏的臉龐青春無瑕，一個動人的少女，大大方方地走進了練習室。

「蘇菲亞，我以為妳至少懂得敲門的禮貌。」林晰冷下臉。

「林晰？」蘇菲亞故作驚訝，「抱歉，我以為你已經不在學校了。」

林晰聲音一沉，「妳這是什麼意思？」

蘇菲亞偏著頭打量他，半晌才慢吞吞道：「林公爵出事了，你不知道嗎？」

林晰霍然起身，目光逼人。

見修納幾乎同時望過來，蘇菲亞笑容更甜，「林公爵鎮守的休瓦出了意外，皇帝陛下十分震怒，不僅收回了兩塊本屬於公爵的領地，更削爵降級，恐怕你未來只能成為侯爵了。」

林晰的臉色驀地刷白，「不可能！」

蘇菲亞肯定而自信，「絕不會錯，朋友給我的信裡說得很清楚。」

林晰盯著蘇菲亞，她不安地朝修納的方向挪了一步，正待再說些什麼，林晰突然走出了練習室。

蘇菲亞鬆了一口氣，望向修納，「他一定是回去求證了。」

修納沉默了一瞬，「我很好奇，究竟是什麼樣的過失，能讓百年世襲公爵降爲侯爵？」

被那雙漂亮的眼眸凝視，蘇菲亞臉頰微紅，指尖無意識地撥弄捲髮，「聽說事情發生在一年前，但因涉及機密，沒有對外公佈，加上審查和彈劾費時良久，皇帝陛下近期才給出了裁斷。」

「沒有更多訊息？」

蘇菲亞搖了搖頭，暗惱朋友的來信細節太少，「我父親或許知道，但校規禁止離校，如果你想瞭解，我可以向父親打聽。」

「謝謝妳，蘇菲亞。」修納扯出一個微笑，「妳知道的，我很擔心林晰。」

從未見過冷漠的修納如此溫和，蘇菲亞的心頭盈滿喜悅，彷彿小鹿般跳躍。

待蘇菲亞終於離去，修納凝立良久，僵冷的指尖痙攣地握緊。

被伊蘭送離休瓦，正是在一年前！

不顧校規，強行外出，在林晰的記錄上留下了一次警告。

從公爵府返回後，他變得很沉默，似乎未能探聽到內幕消息。蘇菲亞同樣一無所獲，儘管林氏被降爵一事傳遍帝都，具體緣由卻因涉及帝國機密，而被徹底封鎖。

焦灼的等待持續了兩個月，從南方傳來了訊息，修納終於等到了秦洛的回信。

蘇菲亞說的沒有錯，起因確實是一年前，他離開休瓦的那一夜。

被伊蘭殺掉的柏格準將，身分極高，更是帝國研究中心的核心人物。重病的皇帝對靈魂轉換的神之光期望極高，柏格的突然死亡讓研究項目遭受重挫，皇帝惱怒萬分。更爲震怒的是，殺人者竟然是公爵愛女，事件被上升爲宮廷陰謀，甚至牽涉到林公爵一派所支持的皇儲。

這起驚人的案件由林公爵的政敵維肯公爵主理審查，耗時良久，仍無法查出實據，讓皇儲逃過了一劫。事件最終歸結爲林氏家族因繼承人更動而生出的禍亂，皇帝對林毅臣以降爵爲懲，林伊蘭則被判處監禁，終生不得釋放。

林氏降爵的懲誡，據秦洛分析，並不像表面那樣嚴重。此次意外替皇儲解決了神之光帶來的隱患，得利者不言而喻。皇帝沉峗難起，新君指日可待，林氏一族世代從戎，林公爵實質上依然全面控制著軍隊。新朝交迭更替之後，林氏必然復爵，榮寵與威權，只會比昔日更盛。

詳盡地剖析完首尾，秦洛除了為過去的隱瞞致歉之外，更反覆叮囑他謹慎行事。

休瓦一案涉及宮廷，稍有差錯，林公爵及未來的新君都會背上謀篡的罪名。層層壓制的枷鎖不僅有皇權御令，更有帝國軍隊及鐵血公爵本人，現實已經徹底埋葬了公爵小姐重獲自由的可能。

密密痲痲的長信嵌入心底，修納幽黑的眼眸燃燒著寒芒，激生出無法遏制的狂念。

假如森冷的威權禁錮了希望，那麼或許只能嘗試另一種解法……

由霍恩將軍所指揮，對蠻族的還擊全線勝利，消息傳至西爾帝都，引起了譁然熱議。

自林公爵離開邊境後，這還是首次與蠻族之戰贏得勝利，年邁的皇帝驚喜不已，立即宣召霍恩將軍帶著俘虜回程，以盛大的歡迎儀式迎接勇士歸來。

彩帶和氣球在天空飄揚，雄偉的凱旋門鋪上了紅毯，精緻的花台盛放在道邊，銀亮的長號整齊地吹響，拉開了歡慶的序幕。

長街上擠滿了歡呼的人群，爭相一睹英雄的風姿，無數少女尖叫著拋上鮮花，對年輕的士兵獻上飛吻，人們陷入了空前的興奮。

一駕精緻的馬車緩緩駛過帝國大道，車內的霍恩將軍揮手向人群致意。

六匹雪白的駿馬隨在其後，馬背上的騎士身姿挺拔、英氣昂揚，足以滿足任何對英雄的幻想。走在最後的是垂頭喪氣的俘虜，與意氣風發的隊伍，形成了鮮明的對比。

皇帝陛下接見及嘉獎撫慰之後，隨之而來的是奢華的宮廷晚宴。

金色的香檳無限量供應，璀璨的水晶吊燈下，擺放著御廚精心製作的點心，巧克力上有糖霜繪就的西爾國旗。盛裝的貴族男女優雅談笑，皇家琴師奏出浪漫輕妙的音樂，華美的舞步蹁躚飛揚，這是一場屬於勝利者的歡宴。

衣著考究的男人談論著戰爭的各種趣聞，女人們穿著華麗的蓬蓬裙，濃烈的香水隨著裙襬盈散，敷粉的肌膚白如大理石，鮮紅的唇在扇子後竊竊私語。

拉克麗伯爵夫人談興十足，「霍恩將軍怎麼還沒到？最近的宮廷舞會太無趣了，真希望他能帶來一些新鮮的氣氛。」

蕾貝卡男爵夫人曖昧地輕笑，「霍恩將軍這次獲勝，讓維肯公爵非常得意，我聽安妮夫人說，公爵閣下近期心情極好，有求必應，瞧瞧她今天的首飾。」

幾個女人的目光同時落到不遠處的安妮夫人身上，那個美豔的女人正在與人閒談，頸上戴著一條惹眼的項鏈，碩大的綠寶石色澤鮮麗，極爲奪目。

拉克麗伯爵夫人冷哼一聲，「公爵閣下當然高興，他一直希望趁陛下仍然康健，盡可能地削弱林氏在軍中的影響力。」

「那件事之後，林公爵便很少在帝都露面……抱歉，我忘了他已經被貶成侯爵。」蕾貝卡男爵夫人用羽扇掩了掩嘴，眉梢帶著幸災樂禍，「或許是怕見到其他貴族太丟臉，索性躲在休瓦。」

「薔薇世家已經風光不再，如今是維肯公爵獨受陛下倚重。」梅蜜夫人插口道。

無聊的政事引不起拉克麗伯爵夫人的興趣，她又起了新的話頭：「有人見過那個受陛下額外賞賜的幸運兒嗎？據說他很年輕呢！」

蕾貝卡男爵夫人賣弄著剛聽來的八卦，瞟了門口一眼，「確實很年輕，將軍家的女僕端茶時看過，聽說他的長相……」

欲說還休的姿態更激起眾人好奇，吊了半天胃口，蕾貝卡男爵夫人才在密友的催促中，噙著笑說下去：「據說像神祇一般英俊，舉止又安靜有禮，完全沒有軍人的粗魯，簡直令人無法想像他在戰場上的勇猛！」

聞言，一群貴婦發出了訝異的驚嘆。

「不可能！我聽說他在凡登之戰時，殺死了數以千計的敵人，砍下了幾百個野蠻人的腦袋。這狂暴可怕的傢伙，一定長得非常凶惡！」梅蜜夫人拒絕相信。

拉克麗伯爵夫人下意識地撫了下髮髻，剛要開口，門邊傳來一陣喧嘩，人群騷動起來，所有人的注意力都被吸引了過去。

宴會的主角——霍恩將軍終於來到會場。神采飛揚的他瞬間成了焦點，被一群男士圍住問候寒暄，女士的目光，則落在勳飾鮮亮的將軍身後那位沉默的跟隨者身上。

蕾貝卡男爵夫人沒有說錯，女僕也沒有誇張，那張俊美的臉龐宛如神祇，頎長的身形英姿煥發。他站在將軍身側，無須笑容，僅僅是目光掃過，已令所有女人心跳不已。

安妮夫人也不例外，感覺他的目光在自己身上停了一瞬，憶起關於對方的種種傳說，她竟然微紅了臉，輕咳一聲，不自在地搖著扇子，移開了視線。

修納少校，數年前還是一個小小的少尉，今天卻已是霍恩將軍的得力下屬，凡登之戰的傑出英雄。短短數年，他戰績非凡，猶如一顆閃亮的新星在軍中升起，受維肯公爵青睞，更獲陛下宣召嘉獎，以一介平民出身被破格提拔爲少校，風頭之盛，一時無兩。

絕無梅蜜夫人預想的粗鄙，修納少校舉止優雅，但在合乎風度的紳士外衣下，又潛藏著難以言喻的危險氣質，混合著非凡的外貌，形成了一種奇妙的魅力，再加上種種極富色彩的傳聞，足以激起每個女人內心最隱密的情愫，自然而然成了舞會的中心人物。

修納按禮儀逐一向女士們致意，回答一個又一個接踵而至的問題。

「全仗全軍將士的努力才能贏得勝利……」

「我尚未娶妻，但已有意中人，謝謝夫人的好意……」

「那裡地形複雜，士兵們非常艱苦……」

「那些只是誇大其辭的傳聞……」

數不清的問題終於被打斷，一個成熟英俊的男人在幾步外對他舉杯，「敬戰場回來的英雄！」

不等修納詢問，蕾貝卡男爵夫人熱心地引見：「這位是秦洛上校，去年才從南方調回來，一向是舞會的風流人物，最愛結交朋友，少了他，我們眞不習慣！」

「光榮屬於帝國。」修納少校從侍從托盤上接過香檳，點頭致意，「很高興認識秦上校！」

剔透的酒杯倒映著舞會絢麗的華光，交互一碰，撞出了輕響。

所有人都被舞會吸引，幽靜的庭院空無一人，小巧精緻的圓亭視野開闊，正適合進行隱密的談話。

避開喧鬧的舞場，矜持的淺笑變成了不加掩飾的狂喜。

「我簡直無法置信，他們叫你什麼？戰神修納？」秦洛一拳打在摯友胸膛上，「你都幹了些什麼!?」

萊錫之戰、利馬之戰、安塞河谷之戰、泰安圍城之戰……一次比一次輝煌的戰績鑄就了傳奇，勇猛頑強的英雄與士兵並肩作戰，面對任何敵人都戰無不勝，軍中甚至悄然衍生出一股狂熱崇敬的風潮。

秦洛熱情的一拳引來了始料未及的後果，修納劇烈地咳嗽起來，瘖啞的咳聲，令秦洛一驚，脫口而出：「你受傷了？」

修納咳了一陣，逐漸平復下來，「凡登之戰時中了一槍，子彈穿過肺部，不過已經差不多痊癒了。」

秦洛懊悔不已，「怎麼不提醒我？」

修納微笑起來，深邃的眼眸，盛滿溫暖的情誼，「見到你，我很高興！」

秦洛看了他一陣，複雜的神色難以言喻，半晌，長嘆了一口氣，「其實沒必要這麼拚命，她……」蹙了下眉，他沒有再說下去。

「放心，我不會死，她還在等我。」修納笑了笑，並不在意。

秦洛胸口一陣窒悶，只覺得嗓子發苦，「你已經是少校，接下來還想怎麼樣？她犯了重罪，就算你成為公爵，也救不了她。」

「總會有辦法的。」修納倚著亭柱，遙望著遠處舞會的燈光，「洛，你有沒有想過，這個帝國越來越多的動亂，意味著什麼？」

「意味著你能快速升遷！」儘管為重見摯友而欣喜，卻又難平隱憂，鬱結的心事壓在心底，秦洛一時無精打采，「但你應該明白，你的仕途到頂了，霍恩不可能把將軍的位子讓給你。」

「總有一天，叛亂的狂潮將不再是軍隊所能壓制的。」修納轉過視線，黑暗中的眼眸閃閃發光，「那時你該怎麼辦？秦家會怎麼選擇？」

「你是指……」聽出他的認真，秦洛嚴肅起來。

「時代或許要變了，如果我是你，會早作準備。」

秦洛本能地嗅出了某種危險的信號，「你瘋了！你已經是少校，還妄想什麼？」

「這遠遠不夠，我要她獲得自由、要她屬於我、要在眾人之前與她肩並肩站在一起！」灑落的月光如銀，幽深的庭院異常靜謐，修納的聲音極其堅定，蘊藏著鐵一般的意志，「離開休瓦的時候我就發過誓，哪怕實現誓言的代價是讓這個世界翻天覆地。」

秦洛頭痛撫額，「別再做傻事，放棄吧！我告訴你……」

修納並不想聽勸告，「三個月後，蠻族會捲土重來。」

「你說什麼!?」秦洛愣了一瞬，掃了一眼周圍，壓下聲調，「你確定我沒聽錯？奪取空前勝利的英雄告訴我，敵人根本沒有被打垮？很快就會有下一場戰爭？」

「不止如此，他們會強力攻擊凡登左翼防線，防線一定會失守。凡登陷落之後，帝國必須大舉調兵，而此前的軍費耗光了國庫，所以皇帝陛下為了籌集更多的金錢，應付新的戰爭，只能向富商和工廠主人加徵重稅。這些人長期對貴族特權不滿，想讓他們掏錢，必須有相應的交換條件，皇帝還有什麼能拿來交換？削減特權？議會那群蛀蟲不可能通過！」修納冷冷一笑。

秦洛震驚到極點，反而冷靜下來，「你做了什麼手腳？」

「你認為我需要做什麼？」修納聲音極低，甚至低過了草叢中的蟲鳴，「攻下稜堡之戰是真的，但給養跟不上，後續防守非常危險，所以霍恩用假幣收買蠻族退兵，等對方發現後，一定會憤怒還擊，時間應該是在收割完春季糧食之後。築造防線時，霍恩的監察官收受了大量賄賂，中飽私囊，牆體僅僅是薄石板砌成，絕對抗不住重擊！」

「霍恩怎麼會愚蠢到如此地步？」

面對秦洛的懷疑，修納並不否認，「我利用了一點貪婪，告訴他蠻族根本分不清真假金幣。」

「順便將左翼的弱點不留痕跡地透露給敵人？」秦洛吸了口冷氣，心頭翻湧難平，「你有沒想過最壞的結局是……」

「一切責任由霍恩承擔，我可沒有那麼大的權力，他總得爲自己的貪慾付出點代價。」修納說得輕描淡寫。

「你知道這有多大風險嗎？」秦洛幾乎想掰開修納的腦袋，看看裡面還有沒有半點理性，「萬一霍恩發現是你搞的鬼，十條命都不夠用！」

「他本來就打算幹掉我，可惜，我的動作比他更快！」修納望著草坪上彎曲的白石小徑，安靜了一刻，「洛，你甘心嗎？明明出身相同，卻因爲沒有繼承權，而被那些毫無才能的權貴壓制，忍受霍恩之流的混帳頤指氣使。像你這樣的精英有多少？你願意永遠在陰影下生活？」

聞言，秦洛沉默了。

修納瞭解秦洛的野心，就如同瞭解自己，「這幢房子早有裂痕，垮塌僅是時間問題，你認爲該怎麼做？拆掉它重建，還是徒勞地支撐斷裂的屋梁，直至被一同埋葬？」

秦洛摸出一根煙，點燃，夜色掩去了他神情的細微變化。

「聽聽外邊的呻吟和詛咒，想想我們曾經生活的休瓦，人人都在期望一個更好的世界，只需一點火種，他們就會燃燒起來，皇帝和議會已經爲自己掘好了墳墓。」

新的帝國……新的時代……

修納按住朋友的肩，鄭重地詢問：「洛，願意和我一起試試嗎？」

時間過了許久，秦洛終於開口：「假如到頭來一切落空，你會不會爲今天的決定後悔？」

「永不！」修納斬釘截鐵地回答。

秦洛的目光閃了一下，最終一言不發，灌下了整杯香檳。

20 變亂

三個月後，一如修納的預言，邊境戰火再度燃起。歡慶的盛宴剛剛散去，凡登已不可思議地淪陷於敵手。

皇帝震驚之下，接到秦家呈遞的密信，提及霍恩將軍犯下的各種罪行，矛頭直指霍恩的支持者維肯公爵。特使暗中調查的結果證實確鑿無誤，可憐的廷侍承受了陛下勃然爆發的震怒。

盛怒之餘，皇帝陛下卻未在第一時間有所動作。

霍恩貪墨的背後，牽扯的是維肯與林氏在軍中的爭鬥，一味深查下去，維肯公爵難逃處分，數年前被打壓的林氏將再度抬頭，這意味著皇儲一方勢力增強，絕非皇帝所願見，權衡利弊之後，他只能暫壓怒火。

精明世故的維肯公爵果斷地拋棄了親信，首先站出來痛斥霍恩，同時以恭敬的語氣請求寬恕自己的失察之過，輕易將責任推得乾乾淨淨。

議會與全體貴族一邊倒地指控，春風得意的霍恩將軍轉眼從雲端跌入泥沼。

所收的賄賂、弄權舞薇的舊案，一件件被翻出，罪行一條條累加，凱旋的英雄變爲卑劣的賣國賊。直至將霍恩抄沒家產，扔進了審判所，皇帝陛下的雷霆之怒，才算稍稍平息。

接下來的難題是——軍費。

皇帝酷愛與群臣一起狩獵，皇后熱愛古董及盛宴，皇帝的眾多情婦則喜愛華貴奢靡的珠寶，這些高雅的喜好，無不加劇了帝國財政的惡化，再加上邊境戰爭及各地層出不窮的叛亂，國庫早已空蕩如洗。

國家財政陷入了危機，更改沿襲已久的賦稅制度，成爲唯一的解決途徑。皇帝決意向富商和工廠主徵稅，變革的舉措引起了強烈的反彈，富商和工廠主聯名進諫，作爲交換，要求更多的自由及對貴族特權的約束，這一要求被議會的權貴輕蔑地否決，冗長的爭辯徒勞無功，不可調和的矛盾令事態陷入了僵局。

帝國猶如一個齒輪吱嘎作響的時鐘，危機不斷疊加，就連修納也不曾料到，遠處一座小島偶然的一次火山爆發，成了壓垮帝國的最後一根稻草。

帝國曆一八九一年，距離西爾國境千里之外的一處海島，火山突然噴發，從六月持續到次年二月，長達八個月的災難帶來了遮天蔽日的灰塵。帝都的人們抱怨著灰濛濛的夏天，更糟糕的是隨之而來的有毒氣體，導致帝國糧食大幅度減產。

嚴重的糧食缺乏令西爾國農產品價格急劇上漲，連帶大批工廠倒閉，無數工人失業。成千上萬的人從貧困的農村湧進帝都，在饑寒交迫之中艱難度日，陷入絕境的流民對日日歡宴的貴族迸發出強烈憎惡。

部分貴族嗅到危險的氣息，產生了某種不安，鼓動皇帝調入軍隊威懾，以增強對局勢的控制。大量軍隊的湧入，令時局更爲混亂，一次偶然的街頭衝突，意外地刺激了民眾，最終演化成一場大規模的騷動。

憤怒的人們走上街頭，砸爛了來不及關閉的店鋪，點火焚燒恨之入骨的稅站。官吏恐慌奔逃，貧民趁亂搶劫，數個街區都冒出了嗆人的濃煙。

在可怕的暴亂面前，議會作出了退讓，廢止了部分貴族的特權，以安撫激動的民眾。同一時刻，皇帝下令駐紮在數百里之外的軍團向帝都進軍，這或許是爲保護自身安危而作出的決定，卻被民眾理解爲大規模屠殺的前兆。

幾天後的凌晨，激憤的群眾衝進了皇宮，燃起的火焰點亮了夜幕。

距離皇宮三條街外的某個窗口，一張俊美的臉龐被火光照亮，幽暗的冷眸波瀾不興，唯有唇角顯示出某些情緒。

「高興嗎？」

受霍恩一案牽連而處於停職狀態的修納少校收回眺望的視線，轉到桌前，倒了兩杯紅酒，將其中一杯遞給軟椅上的秦洛，「很好，一切比我預計中來得更快。」

「你在哪發現那個人的？」

「你是指科佐？」紅酒的芳香瀰散舌尖，修納莞爾一笑，「很偶然，我發現他專爲窮人打官司，就一位律師而言，他的正義感太強了，以至現實中倍受摧折。不過他在平民中深受愛戴，又是天生的演說家，很適合當一個煽動者。」

「目前而言，他幹得不錯，」秦洛眺望了一會兒，頗感興趣，「皇帝和上層貴族今夜恐怕難以入睡。接下來的戲碼是什麼？」

「看科佐能做到哪一步，我們暫時靜觀其變。」修納極具耐心。

「反正不管做到哪一步，都由你來收場？」秦洛輕笑著揶揄。

「必須先讓帝國混亂起來，目前只是偶然的成功。」修納沉穩而鎭定，顯然經過反覆思慮，「軍隊未動，各級官員仍效忠於皇帝，科佐能否借助機會握住權力之杖，還難以預測。」

秦洛點點頭，「讓我猜猜，假如局勢朝皇帝陛下順利穩住騷亂發展，你會成爲皇權的忠實擁護者，毫不留情地血洗暴徒；反之則親手把皇帝和議會的貴族送上絞刑架？」

修納從容地舉了舉杯，「我個人比較喜愛後者，所以希望科佐可以再能幹一點。」

「眞像一隻禿鷲！」秦洛嘖嘖讚嘆，戲謔地評論，「是我的錯覺嗎？你似乎越來越有惡魔的傾向了。」

修納爾雅微笑，雕塑般精緻的臉龐半明半暗，彷彿兩張迥然相異的面孔。

科佐的心激動得快要跳出來了！他臉膛通紅，眼睛閃著狂熱的光芒，注視著階下黑壓壓的人群。

他夢想過無數次酣暢淋漓的演說，在民眾前控訴帝制與貴族特權的種種不公，揭露出黑暗和腐朽的弊政，贏得轟然響應的掌聲，這一切都在今天成爲了現實。

雷鳴般的掌聲數次打斷他的演講，每一聲口號都被人群以震耳欲聾的聲音重複，高昂的情緒隨著話語起伏，澎湃的激情衝擊著熾熱的胸膛。隨著科佐的手一次次指向皇宮，指向貴族的府邸，憤懣與憎惡不斷醞釀，生成了摧毀一切的巨浪。

巨浪向帝都大街湧去，衝進看見的第一座貴族府邸，該死的主人卻不在府邸內，幾名親屬成爲首輪洩憤對象。

人們砍掉倒楣俘虜的手，用沉重的啤酒桶來回碾著他們的腰腹，直到破碎的內臟從口鼻溢出，隨後把死者的屍體倒吊在黑鐵門上，讓每個路過的人吐口水。

有人提出，除貴族之外，服務於貴族的走狗同樣該死，於是受雇於貴族的書記員成了下一批犧牲者。

屠殺的規模迅速擴大，殘忍的報復帶來快意的刺激，人們樂此不疲地尋找一個又一個新目標，直到黎明將至，饑餓和疲倦削弱了衝動，人潮才逐漸散去。

雨水還來不及洗去街頭的腥紅，科佐和他的夥伴已經號召人們再度聚集起來。

與茫然無知的民眾不同，受過高等教育及精通法律的科佐有著清晰的目標，更有一批意氣相投的夥伴。這群擁有遠大理想卻因出身貧寒而被現實壓制，才識過人，卻在僵化制度前徹底失望的青年聚集在一起，他們在帝都各處演講，激情洋溢地描繪，將動人心魄的未來展示給大眾。

沒有貴族、沒有官僚、沒有壓迫及可恨的重稅，令人窒息的一切將被民眾的力量擊垮，沒有任何人、任何事務凌駕於人民的意志之上，陳舊的君主時代即將被埋葬，另一個完美的，尊崇法制的新時代，已隨著曙光出現。

科佐抓起筆，飛速地寫著，窗外嘈雜的喧嚷猶如激動人心的樂章，鼓舞他一氣呵成。寫完最後一個字，他抬起頭，狂熱的目光掃視房間，落在書架上一本紅底金字的厚書上。

那是一本禁書，來自修納少校一位可貴朋友的贈予。書中智慧的閃光，給予科佐莫大的啓發，一度令他欣喜若狂。

隨著抄本在朋友圈中祕密流傳，科佐擁有了越來越多的同盟，甚至一些沙龍中的貴族也站到他身邊，歷史的車輪注定向前，誰也無法阻擋。

激越的感情在心頭起伏，科佐取出書本，珍惜地摩挲片刻，又放回原處，拿起演講稿，快步走出了房間。

高高的斷頭台上落下刀板，宣告了皇權落幕的血色黃昏。

當兩顆戴著假髮、昔日帝國最高貴的頭顱狼狽地滾落，舊時代也隨之結束，飛濺的鮮血，昭示著另一個全新的開始。

逃亡的貴族還沒來得及從噩夢般的暴亂中清醒，便發現自己已經失去了國王，變得茫然無緒，張惶地在狂潮前戰慄。

各地民眾被帝都的成功激勵，爆發了層出不窮的起義。人們衝進領主的城堡，撕掉華麗的帷幕，將金銀財寶洗劫一空。

不知從何時起，帝都盛傳起陰謀的流言，民眾認爲貴族在謀畫報復，並向外國求援，鄰國里茲將會爲了支持這些可鄙的敵人而入侵西爾。流言越傳越眞實，激起了空前的懲戒決心，暴亂越加頻繁，手段也更加血腥殘忍。

無數貴族逃入了休瓦，這座城市因鐵血林氏坐鎮而安全可靠，威名赫赫的林毅臣成了皇權最後的希望。

因爲位置過於遙遠而來不及救援皇帝，林毅臣只能派出部隊，接應倉皇出逃的皇儲。皇儲抵達休瓦的第一件事，就是宣佈恢復林氏公爵的聲名地位，同時宣佈新政府爲不可饒恕的叛亂。休瓦變爲一座封閉的行省，實施強制徵兵，隨時準備反撲。

幾乎同一時期，帝國邊境傳來了里茲入侵的快報，另外幾個鄰國也在蠢蠢欲動。

一切正如溫森伯爵的預言，在帝國最動盪孱弱的時刻，富庶而有野心的強鄰，伸出了尖利的爪牙！

爲了捍衛帝國，新政府頒發了動員法令，號召人民掃除叛亂，抵禦里茲的侵略。積極的迴響超乎想像，在無與倫比的熱情中，軍隊飛快地組建，短時間內已擁有數十萬人的大軍，勇敢地開赴火線。

命運之神終於眷顧了蟄伏已久的修納少校，他成功地抓住機遇，站上了歷史的舞台。

數月後的土倫之戰，修納以漂亮的全勝，擊退了里茲的入侵，奪回了失陷的領土，保衛了新生的政權。與勝利一同降臨的還有榮耀，修納成爲萬眾矚目的英雄，出色的戰績被街頭巷尾傳頌，軍中聲望無以復加，成爲林毅臣之後的新一任西爾軍神。

以科佐爲代表的新政府發出了通篇溢美之辭的嘉令，群眾自發組織了盛大的歡迎會，走上街頭，歡呼英雄的歸來。

修納輝煌出色的戰史、跌宕起伏的經歷、俊美無雙的容貌，無不成爲爭相談論的話題，在民眾口耳相傳中，幾乎成爲神一般的存在。

新政府舉辦了隆重的歡迎宴，向英雄致敬，除了無盡恭賀讚美之外，還有一枚閃亮的少將勳章。

在修納少將聲名大盛、地位飛升的同時，天性精明的秦洛則棄軍從政，走上了另一條道路。

在新政府尚未成立時，秦洛已結交多位未來的公會成員。他爲人熱情，出手大方，資助過不少囊中羞澀的朋友出版論文，在沙龍中口碑極佳。號召反抗里茲侵略時，他全力奔走，充分發揮秦家在軍界的影響，幫助新政府將一部分皇家軍隊轉化吸收，土倫保衛戰的勝果，秦洛功不可沒。

秦洛果斷地放棄軍界，成功獲取了大法官一職，並參與行政與法律體制的改革，多項建議被公會採納，傑出的才智令會員側目。

這對隱密的摯友猶如兩顆閃亮的明星，在政界、軍界升起，互相輝映，卻又彼此獨立。

而此刻，這位耀眼的政壇之星正雙腳翹在桌面上，拖長了聲音讀報：

「……土倫之戰中，他以完美的指揮及無與倫比的勇猛，將里茲人打得抱頭鼠竄，奇蹟般以少勝多。這位史上最年輕的奇才被神靈賜給我們，猶如戰神降臨西爾，他結束了里茲的野心，拯救了危機中的帝國，他的名字將被刻入歷史，與帝國同在！」

讀完，秦洛笑出聲來，「雖然肉麻，但寫得不錯。你覺得怎麼樣？」

被報紙頭條大肆讚譽的修納漫不經心，「會不會吹捧過頭？」

「越誇張越好。」秦洛摸了摸下巴，相當滿意，「必須讓你在軍界擁有壓倒性的威望，利用一些輿論會更有利。」

秦洛對操縱人心及政治上的把戲有多熟稔，修納一清二楚，因此不再發表意見，「你那邊怎麼樣？」

「很順利，目前科佐和波頓之間的嫌隙有激化的趨勢。」

修納淡問：「有多嚴重？夠不夠撕裂這對昔日的密友？」

「科佐對波頓的一些作法相當不滿，認爲他對舊勢力過於姑息，又生活腐朽，並公開表示不贊成科佐提倡的肅清。科佐有些行爲簡直是瘋了，殺死的人數遠遠超過了必要，在帝都，他的名字已經和恐怖同義，」秦洛置身事外地點評，「他殺得越多，爲自己樹立的敵人就越多！」

修納推想了一下，「假如兩人決裂，波頓會輸，他的聲望和擁護者都不及科佐。」

秦洛聳聳肩，「波頓也不及科佐冷血，但他擁有一大票工廠主和手工業者的支持。」

「如果科佐把波頓送上斷頭台，他自己也就離死不遠了。」

「即使如此，科佐還是會這麼做，我認爲可以適當地利用。」秦洛對科佐觀察已久，過於純潔的理想主義者容不下半點污垢，假如巧妙地加以引導，局勢不難朝他們期望的方向發展。

不再繼續討論科佐，秦洛關注起另一件事，「我必須提醒你，你該對蘇菲亞小姐稍稍熱情些，夏奈告訴我，她是維肯公爵的私生女，這層關係對我們很有用！」

修納的臉龐沒有任何表情。

「我知道你心裡只有伊蘭，但想短期內獲得權力，必須借重最有效的資源。」秦洛直接挑明了利害關係，「維肯公爵在皇帝死後逃到領地內擁兵自守，表面上效忠皇權，實際上進退兩難。他曾經試圖廢儲，又與林氏有宿仇，假如皇儲復位，下場只會更糟。眼下維肯公爵主動向我們示好，一旦與之聯合，除了獲取大筆資金外，還能拉攏許多舊貴族，這對你將來的計畫非常有幫助！」

秦洛是個現實主義者，極爲實際地勸說：「這是天上掉下來的機會，你只須對公爵的私生女多一點微笑。」

修納依舊無動於衷，「這方面你比我擅長。」

「可惜那位美人對你情有獨鍾，而維肯公爵更希望有一個軍方高層爲後台，最佳人選是你。」秦洛稍稍坐直，觀察修納的神色，放慢的語速，顯出幾分謹慎：「如果你想在最短時間內登上最高位，我的建議是——接受她！」

蘇菲亞是一位無可挑剔的美人，難得的是，儘管身分高貴，她卻沒有尋常貴族小姐的驕矜倨傲。

畢業後，她沒有順應生父的安排結婚，廣泛結交有才學的寒士，憑藉才華氣質，成爲學者沙龍中的明星。她大方優美的儀態、高雅出眾的談吐、對新時代熱情的頌揚，無不令公會成員傾倒。

此時，這位嬌客未經主人允許，擅自踏入了密閉的辦公室。

辦公室的一壁是整面書牆，中間放著一張極其大的書桌，堆著各式各樣的軍用地圖。地板上攤開一張碩大的帝國全境圖，標著各種旁人無法看懂的圖案，側角的長沙發上躺著一個修長的身軀，蘇菲亞放輕腳步走近。

即使在沉睡，那張俊美的臉龐依然沒有放鬆，緊蹙的眉顯示他彷彿陷入了某種夢魘。蘇菲亞迷戀地望著修納的輪廓，這張臉在學院時期線條還有些青澀，如今已經立體分明，英氣奪人，讓人完全無法移開視線。

嬌嫩的臉頰漸漸暈紅，她禁不住伸手去觸碰那冷峻卻又迷人的唇。閉合的眼眸猝然睜開，光芒淩厲而逼人。她心底一慌，來不及反應，已經被一把短刀抵住了脆弱的咽喉。

蘇菲亞完全僵住了，一動也不敢動，聲音不由自主地顫抖：「修納……」

修納停了一會兒，撤回短刀，眼神淡下來，「抱歉，我沒想到會有人進來。」

「你……作惡夢了？」蘇菲亞鬆懈下來，勉強恢復微笑，卻心有餘悸。

修納沒有回答，扯開毯子，從沙發上站起。穿上軍裝外套，繫上領釦袖釦，恢復成平日一絲不苟的少將，「蘇菲亞小姐有事？」

蘇菲亞大方地邀約：「你工作過於辛勞，該適當地放鬆一下，不妨一起去公園散步？」

「謝謝。」修納的回答客套而疏離，「但我近期事務繁忙，只能婉拒這片好意。」

又一次毫無熱情的回絕！

失望的蘇菲亞拋開矜持直問：「修納，難道你眞的不明白我的心意？從學院到現在，我一直追逐你的腳步，沒有女人比我更瞭解你的才能、更能幫助你，爲什麼你卻始終對我如此冷淡？」

蘇菲亞不願相信也不肯相信，憑藉著美貌才華以及高貴的出身，竟會無法打動這個天性冷漠的男人。只有她才配站在他身邊，也只有他才有資格與她相襯。從平民到少將，時間證明了她的眼光，可兩人之間的距離，卻沒有被時光拉近。

修納沉默了一會兒，道：「我很感激妳的幫助。」

「我要的不是感激。」蘇菲亞仰起頭，俏麗的臉龐，彷彿在期待什麼。

兩人站得很近，修納低頭看著她，沒有躲避，也沒有觸碰，「可我只能說這個，帝國局勢動盪，我的前途未明，無法再想其他。」

驕傲和自尊令蘇菲亞無法再說下去，她望了他好一陣，明眸暗淡下來，轉身離開了房間。

隨著按鈴，副官威廉踏入房間，臉上的微笑在修納的眼神下凍結，立即報告：「抱歉！將軍，是秦洛閣下的主意。」

修納咬了咬牙，「他人呢？」

威廉明白自己逃過了一劫，「在外邊等候。」

「叫他進來！」修納眉間一蹙，冷聲命令，「以後無論訪客是誰，都必須經過通報。」

「是！將軍。」

不等傳喚，秦洛已經出現，毫無畏懼的語調近乎戲謔：「我知道你有點不高興。」

威廉鬆了一口氣，立即退出去，帶上門。

偷聽全程的秦洛大肆搖頭，「你真不解風情，居然把主動殷勤探望的美人拒之門外！」

修納冷冰冰地瞥了損友一眼。

秦洛毫無歉疚地致歉：「好，我知道，這只是玩笑，你當然會拒絕她，不過接下來的事就麻煩多了。」散漫的神色變得凝重，「公會昨天通過了決議，決定讓新任少將去對付邊境蠻族，不日就要動身。」

修納的眼眸變得幽暗深冷，「科佐反應很快。」

秦洛冷嘲：「授勳那天，民眾表現得太熱烈了，足以讓他們感到不安。」

修納沉默不語。

「現在條件還不成熟，我們無法對抗，但如果你長時間被流放邊境，之前所做的一切就全都白費了！」風流不羈的表相消失了，秦洛顯出空前的嚴肅，「修納，現在只有一條路可走——向蘇菲亞求婚，與維肯公爵結盟，建立軍界之外的勢力與人脈。除此之外，別無他法！」

蘇菲亞拆開一封又一封急件，瞟了一眼就扔在一旁，動人的臉龐佈滿陰雲。

這些信來自她的生父維肯公爵，反覆強調的只有一件事——叮囑她以女性魅力征服那位聲望極高的少將，以拯救家族的困境。

維肯公爵武裝了屬地，實力卻仍比不上新政府和林毅臣轄下的休瓦，隨著時間推移，他越來越爲未來焦慮，絞盡腦汁，試圖與新政府媾和。

然而，公會成員普遍仇視昔日的上層貴族，維肯完全無從入手，直到他想起自己有一個與新政府成員交往頻繁的私生女，信件開始如羽毛般不斷飛來，彰顯出他急迫的焦灼。

蘇菲亞煩躁地在房中來回踱步，籠中的夜鶯不停地鳴叫，吵得她更爲心浮氣躁，幾乎想把鳥扔出去。

突然，侍女傳來通報，奇蹟般地消解了她的抑鬱。修納少校來訪！

儘管拿不準對方的來意，蘇菲亞仍是雀躍不已。她在鏡前照了照，精心修飾妝容，更換了一襲最美的長裙，直到確定挑不出任何瑕疵。

在會客室等候的修納見到她，禮貌地站起身，綻出一絲罕見的淺笑，吻了吻她的手背，「請原諒我的冒昧探訪。」

他在微笑，但這不代表心情好或傾慕。那雙深邃的眼眸從不洩露任何情緒，無論面對漂亮女人還是政敵對手，永遠鎮靜難測。

侍女送上茶點，蘇菲亞輕輕啜了一口，攏了攏秀髮，「請問閣下前來拜訪的原因是？」

修納收起笑容，望了她一陣，取出一只絲絨小盒，打開來，推到她面前。盒內是一枚奢華的戒指，閃亮的巨鑽，足以令所有女人心花怒放。

他語速極慢，彷彿每一個字都經過斟酌：「請原諒我的魯莽，我希望我能有這樣的幸運……」

完全大出預料，蘇菲亞心頭狂跳，指尖都開始顫抖。她極力壓住喜悅，道：「這份青睞是一種榮幸，但卻如此突然，我能問一問原因嗎？」

俊美的臉龐上沒有迷戀愛慕，冷靜得像在完成一樁公事，修納簡單地回答：「妳是一位非常有魅力的女性。」

「可我們上次見面……」蘇菲亞清楚記得，他從沒有任何近似動情的表現。

修納眉梢一動，「我後悔了，蘇菲亞小姐說得對，再沒有比妳更能幫助我的女性。」

只是幫助？蘇菲亞生出一股氣，忍不住脫口道：「假如我拒絕這份美意呢？」

話一出口，她立即後悔。

從學院時期，她就迷戀著修納，他是那樣特別，她知道帝都的淑媛都在談論他，談論他神祕俊美的容貌、危險迷人的氣質，卻沒有一個人能擄獲他的心。

就算缺少熾熱的愛，她也不想失去獨佔他的機會！

意外的拒絕令修納停頓了一下，「我會非常遺憾，如果妳不願……」

蘇菲亞立即打斷他的話語：「我只是假設！」

這樣明顯的示意，修納當然不會弄錯，他微微一笑，「幸好它僅是假設。」

氣氛鬆弛下來，突然間心願得償，蘇菲亞漾起了甜美的笑。

修納沒有顯露求婚成功的喜色，或許是性情內斂，他與平時並無不同，「我希望訂婚儀式能暫時保密，目前局勢不穩，我擔心萬一有什麼不測，蘇菲亞小姐會受到牽連。」

滿溢幸福的蘇菲亞別無意見，更爲未婚夫的體貼而高興，「我不介意儀式是否盛大，只想更瞭解我的未婚夫。」

「瞭解？」修納的眉間掠過一縷無從察覺的不耐，「關於哪方面？」

「比如你的喜好、你的過去、進學院之前是什麼樣子……你所有的一切我都想瞭解！」蘇菲亞凝視著他的俊顏，溢滿了甜蜜的柔情，「別再拘於禮儀，既然已經是未婚夫妻，請稱呼我的名字。」

修納沉吟了一下，忽然一笑，「也許進學院前我是個惡棍。」

蘇菲亞不以爲然，順著他的話語戲謔：「對，或許這個惡棍還坐過牢。」

他點點頭，「沒錯，我曾是一個死囚。」

蘇菲亞覺得這種調情方式十分有趣，「後來是怎樣從牢裡出來的？」

修納淡淡一笑，半真半假地回答：「可能是有人用自己替換。」

「沒人會這樣愚蠢！」蘇菲亞失笑，愉快地建議，「你該換一種脫罪的理由，比如買通法官，或是勇敢地越獄。我覺得後者更像是你會做的事，畢竟……」

望著這位興致盎然的公爵小姐，修納禮貌地輕扯唇角，漆黑的眼眸毫無笑意，彷彿吞沒星辰的深海。

21 王者

修納少將接受了新政府的命令，再度開赴前線。

他既是出色的軍事家，又是極具魅力的將領，精通戰略，足智多謀，勇猛頑強又用兵如神，屢屢重創卑劣的敵人。

報紙上每天有修納將軍的戰況報導，隨著一次又一次的勝利，修納狂熱的崇拜者越來越多。民眾談論他、學者讚美他、士兵擁戴他，心甘情願在他的指揮下衝鋒陷陣，赴湯蹈火。

境外的敵人被英雄的少將擊退，國內卻爆發了新的爭端——公會數次激辯，政見不同的雙方勢如水火，形同分裂。

以科佐爲代表的會員堅持更大規模的清算，去除蠢蠢欲動的殘餘分子；而反對派則否定不必要的殺戮，認爲帝國更需要穩定和休養。

科佐一派強行頒佈了一項法令，命令各地當局逮捕一切嫌疑分子，嚴厲鎮壓貴族叛亂者和異見分子，法令還包括縮減法律程序這一舉措，對異見者取消了預審被告程序，甚至無需證人，便可判定被告有罪。

與此同時，上百名反對派會員被趕出公會，其中三十餘人被處以死刑。各地都有被處死的異見者，劇烈的動盪令帝國陷入了新一輪狂風暴雨。

兩個月後，科佐終於將一度並肩作戰的戰友，曾經牢不可分的同盟者波頓送上法庭，經過審判，波頓被處以死刑，當日就押上了斷頭台。

血淋淋的殺戮猶如停不下來的馬車，一路失控地狂奔。在「絕不饒恕，絕不妥協」的口號下，一批又一批鮮活的生命終結。

殘酷的屠殺轉移了新政府無法解決的社會矛盾，給底層民眾帶來快感和撫慰，中間階層卻漸漸感到危機，陷入了畏悚不安。

火燒得太旺，每個人的手指都有可能被灼傷！

首先清醒的，是站在波頓身後的工廠主人和銀行家。他們不希望舊制度捲土重來，更不希望失控的烈焰焚毀一切，於是開始挑選一個足以取代科佐的強者，最終找上了正處於邊境的修納——這位不斷取得勝利、在民眾中擁有強烈號召力、軍中威望極高的年輕將軍。

修納將軍返回帝都了！這個消息如水落入沸油，迅速在人群中炸開。

欣喜若狂的民眾與猶疑搖擺的公會形成了強烈反差，四分五裂的政府難以決斷，不知該以什麼態度應對這位扔下前線返回帝都的英雄，分裂的各派期盼他的支持，又畏懼他的到來，他們心存疑慮，警惕戒慎。

但，事情的變化超出了所有人的想像。

在一次議會衝突之後，習慣簽字將敵人送上斷頭台的科佐被兩隊士兵押至刑場，劊子手動作俐落，技術嫺熟，鋒利的刀板機械性地起落，令人畏懼的領袖以自己的鮮血，染紅了亡靈無數的高台。

科佐死了，派系群龍無首，風雲變幻的動盪時局撲朔未明，遠處的休瓦城傳來了異動，蓄勢已久的林氏揚起獵獵戰旗，不日將以皇室名義發起征討。

有人在報紙上公然發表文章，提議讓英勇的將軍成為西爾的新領袖，這大膽的建議激起了強烈議論，隨著越來越多的附和，席捲了街頭巷尾。

民眾厭倦了不斷殺戮又不停動盪的政府，林氏即將發起征討更帶來了深深的陰影，人們畏懼鐵血林氏，更畏懼皇帝歸來之後的清算，唯一能打敗魔鬼的，或許只有百戰百勝的將軍。

他們像拋棄皇帝一樣拋棄了新政權，將希望投向修納，寄望他結束紛亂的局面，徹底打垮意圖捲土重來的皇室，人們更期盼有一個強而有力的新領袖。

遠在休瓦城的林公爵不會想到，他的恐怖與血腥，成了修納踏上帝國最高點的絕大助力！

軍隊一夜之間站到修納那一邊，狂熱忠誠的士兵簇擁著他們敬愛的將軍，包圍了議政廳。正在議事的公會成員驚悚不安，被持槍的士兵驅趕，如同驚慌失措的羊群。

冷峻的修納發表了簡短的演說，借助刺刀和荷槍實彈的士兵，勒令公會立即表決，通過法律的程式，獲取了帝國的至高權力。

公會解散，新的執政府成立，年輕的修納將軍擔任首位執政官，通過軍事政變，成爲帝國至高無上的主宰，歡呼的狂潮，淹沒了帝都。

以最乾脆的手法除掉了強硬的反對派，修納踏著紅毯，走上了領袖的席位，身著軍裝的他，挺拔的英姿映在民眾眼中，猶如君臨世界的神祇。

這位新的領袖沒有浪費半點時間，他提拔了數十位親信，將帝都牢牢控制在掌中，以緊急臨戰狀態頒佈了宵禁令，監視可能有異動的對手，謹慎地掐滅任何動搖時局的因素。同時，他全面徵召軍隊，著手征伐休瓦，拔除帝國之患。

第一次有人敢於挑戰林氏，民眾爲領袖的大膽堅毅而感動，以最熾熱的激情投入戰前準備。源源不斷的物資從全國彙集而來，報名入伍的佇列排成長龍，工廠加緊生產，趕製出大量槍彈。

帝國曆一八九二年，決定西爾命運的戰役終於打響。雙方在長時間的炮擊之後，林公爵首先發起攻擊，與此同時，右翼也利用地形，展開了側襲。

這場血腥的交戰，雙方都傾盡全力，皇家軍隊猛烈的攻擊令執政府陣營出現了混亂，但也造成本身兵力分散，火力難以集中。執政府軍很快察覺到這一弱點，部隊收縮戰線，交替還擊，迅速控制了局面。

激烈的廝殺從白天持續到夜晚，上千門大炮的轟鳴震耳欲聾，人體、裝備和碎石被拋向天空。爆炸的熱浪燒黑了面孔，陣地籠罩在滾滾濃煙烈火之中，一群又一群士兵倒斃戰場，土地被鮮血浸成了泥漿，滿目瘡痍的地形，幾乎看不出原貌。

這是一場勢均力敵的較量，背後是兩個有著鋼鐵意志的男人——一個是帝國的鐵血公爵，一個是西爾新生的軍神。

他們以相同的決心，爲相異的目標撕裂大地，染紅了帝國的天空！

戰場血腥纏鬥，休瓦森林中卻是一片清冷寂靜。

粗礪的巨石遍佈斑駁的青苔，纏繞著累累青藤，筆直的大樹參天聳立，如同一個個忠實守衛的哨兵。

一隻野鹿抽著鼻子覓食，驀然抬起頭，驚跳蹦開，薄霧中傳來了分開草葉的窸窣聲，接著，現出了行人。

三個男人沉默地走過，馬馱著行囊跟隨，一行人穿越人跡罕至的野林，用長刀砍開荊棘密草前行。

意外捉到一隻野兔，達雷將軍咧嘴一笑，「這裡的兔子眞笨，都不會避人！」

「那是因爲根本沒人會從這裡走過。」近衛官威廉頗感興趣，拎著長長的兔耳研究了一番，「很肥，烤起來一定不錯！」

連日以乾糧充饑的達雷嚥了下口水。

「可惜一生火就該輪到我們被林公爵烤了。」想到宿敵，威廉遺憾地嘆氣，一鬆手，兔子蹦入草叢，轉眼沒了蹤跡。

「我們還要走多遠？」達雷忍不住發問，一眼望不到頭的森林，似乎永無止境。

仰首望了下天色，最前方的年輕帝國領袖下了命令：「再走兩天就能到達目的地，今天先在這裡休息。」

聽到歇宿的命令，威廉輕鬆了一點，停下來活動疲累的腳，「眞佩服大人，居然能認出方向，這見鬼的森林，在我看來一模一樣！」

修納凝望著廣袤無邊的森林，「這一帶一直沒什麼變化。」

「我們很快就會讓林公爵大吃一驚。」達雷起初覺得上司的構想簡直是瘋了，現在卻越來越興奮。

簡單收拾出一塊宿地，嚼著乏味的乾糧，威廉很想把好奇與乾肉一同嚥下去，最終還是沒忍住，「大人對休瓦很熟？」

這是顯而易見的事實，無論是戰略制定或休瓦民情，修納熟稔的程度絕非地形圖與報告所能給予。他令其他將領率軍與林氏交戰，自己卻大膽地潛入敵人腹地，這舉動簡直駭人聽聞！

「我在這裡待過幾年。」修納一語帶過。

聽出上司不願多談，威廉換了個方向：「休瓦地勢不錯，有晶礦、森林，風景也好，可惜被最糟糕的公爵駐守。」

冷血公爵親自坐鎮，這無異於最可怕的噩夢，達雷同情地搖頭，「我真不敢想像那些可憐人過的是什麼樣的日子。」

「我們很快會把他們解救出來，打下休瓦以後，整個帝國形勢都會好轉。」威廉十分清楚，征伐休瓦的決定，獲得各方空前支持，銀行家與工廠主慷慨解囊，很大一部分原因是晶石告急，瀕臨斷絕的資源，關係到帝國的命脈。

「說起來維肯公爵眞是幫了大忙，當年要不是他彈劾林氏，導致皇帝收回部分權力，減少物資供給，林公爵恐怕早就反撲到帝都了！」威廉脫下靴子枕著，感慨了一聲，「這算不算自掘墳墓？」

「這是神的旨意。」達雷瞥見一旁的修納，有些不解。

踏入森林後，修納一直很沉默，雖然他素來少言，但這次的情緒似乎略有不同。

「達雷，打完勝仗後，你打算做什麼？」威廉睡前無聊，隨口與木訥的將軍談天。

達雷回道：「把分配給我的宅邸修一下，再把父母兄弟接過來。」

「就這樣？」威廉覺得頗為無趣。

「還有什麼？」達雷反問。

「還應該有一個漂亮的女人。」威廉充滿嚮往地比劃，憧憬而期待，「那才是真正的家，像我就準備回去娶西希莉亞。」

「漂亮有什麼用？能烤出香噴噴的麵包、做出牛肉濃湯，才是合格的女人！」達雷對威廉的建議嗤之以鼻。

「達雷，身為將軍，你的薪資可以請一打廚子，為什麼還要把妻子扔在廚房？」出身貴族的威廉呻吟，開始給死腦筋的鐵匠達雷上課，「她應該穿著精緻的綢裙，有最優雅的儀態，聰慧溫柔、靈巧活潑，懂得如何讓丈夫放鬆。」

達雷翻了個身，對威廉的話置若罔聞，「把家務丟給僕役的女人不是好妻子。」

達雷的頑固和勇猛一樣有名，威廉翻了數個白眼，放棄說服同伴，「大人，您的夢想是什麼？」

威廉一問出口就暗罵自己笨，將軍已經成為帝國領袖，還有什麼無法實現？靜了一會兒，本以為不會回答的人竟然開了口，低低的聲音像在夢囈：「我希望每天早晨醒來，身邊躺著心愛的女人……」

威廉和達雷都呆住了。

威廉不死心地追問：「還有呢？」

「還有……」雙眼微閉的修納停了一刻，輕輕一笑，「隨時可以親吻她。」

竟會是如此簡單，威廉難以置信，「那有什麼難？憑大人的地位，每天換一個女人都不成問題！」

修納沒有再說話。

威廉自覺無趣，訕訕地與達雷交換了一個眼神，四仰八叉地睡下，開始想念起西希莉亞甜美的唇。

聊天的聲音停止了，森林一片寂靜，薄薄的霧漫過來，掩住了休憩者的身影。

陰冷的環境讓達雷睡得極不舒服，醒時天還沒亮，他索性扔開被霧氣浸濕的薄毯，坐起來才發現修納正倚著樹幹，仰望枝葉間的晨星，不知在想什麼，側臉有種極少見的神情，彷彿迷惘的思念。

達雷十分驚訝，「大人一夜沒睡？」

「到了這裡，我就很難睡著。」修納浮起極淡的笑，聲音低而傷感，「我愛的女人在休瓦最森嚴的監獄裡。」

聞言，達雷一下坐直了身體。

低微的話語像林間縹緲的薄霧，風一吹就會散去，「她在等我，已經等太久了，我真希望動作能再快一點。」

達雷見過女囚是什麼樣子，無一例外的蓬頭垢面、憔悴萬分，被獄卒的凌虐折磨得神經質。聽說修納愛慕的女人竟是囚犯，他不禁惻然，「是林公爵囚禁了她？」

修納沉默了片刻，道：「她是林公爵的女兒。」

就算一個霹靂打在頭上，達雷也不會更驚訝了，他知道自己現在的樣子一定很蠢，因為修納笑了。

霧氣漫過，笑容淡了，修納的神情變得難以形容。

為什麼林公爵的女兒會跟執政官扯上關係？達雷目瞪口呆，覺得腦子完全不夠用，真想搖醒酣聲正響的威廉，好好研究一下原因。

不再理會部下，修納遙遙望向密林深處。

森林的盡頭是休瓦，穿過休瓦是基地，基地最深處是暗不見光的地牢，那裡囚禁著世上最美麗的薔薇……

從森林越過崗哨，再經過古老的礦道，一行人悄無聲息地潛入了休瓦城。

休瓦依然是七年前的休瓦，破碎的石板路，陰暗的狹窄街道。

達雷與威廉不露痕跡地打量這座封閉的城市。處於軍法管制下的街道毫無生氣，許多店鋪都關了門，路面冷清，行人極少，偶爾有兩三人面無表情地匆匆而行。街心廣場吊著幾具被絞死的屍體，一群烏鴉放肆地啄食。

修納帶著他們繞進小巷，巷後是大片廢墟，破裂的木板掛在磚石堆上，蔓生出瘋長的野草。城市中很少看見這樣大面積的空地，威廉想起報告中記載林氏曾血洗休瓦，暗暗嘆了口氣。

廢墟之後是貧民區，相較之下，貧民區反而比街道稍稍熱鬧，但沿途總有不懷好意的目光閃爍。陌生來客在這裡異常顯眼，達雷與威廉都提高了警覺，隨時戒備周圍的動靜。

四周的人漸漸圍攏，修納停下腳步，望著不遠處一間低矮的酒吧。

酒吧簷下聚集了七、八個人，有的抱臂而望，有的帶著冷笑，還有幾個人充滿敵意地打量著他們。

修納對其中一個青年開口：「嗨！潘。」

「你猜裡面在說什麼？」威廉望著緊閉的房門，心癢難耐，臂肘捅了捅達雷。

「我怎麼知道！」達雷依然警惕，面無表情地與對面的幾人互瞪。

房中突然傳來砰一聲，繼而是一陣碎響，彷彿有人撞倒了什麼東西。

「潘！」貧民區的人開口呼喚，氣氛剎那繃緊。

明知上司絕不會栽在一個無名小子身上，達雷仍然緊張起來，威廉的手甚至已經壓上了槍托。

「沒事。」潘打開窗，擺了擺手，示意無恙。

修納好整以暇地倚坐桌沿，微微噙著一抹笑。

未及細看，窗戶又關上了，雙方鬆弛下來，一時訕訕。

看來裡面的交談還算愉快！

「我在作夢？」顧不得撞掉的東西，潘盯著對面的人喃喃自語：「這夢未免太奇怪了！」

出。

「需要我給你一拳？」重見故人令修納打從心底感到喜悅，多年不曾有過的調侃脫口而

潘已經是個高挑的青年，赫然成了首領，此時卻茫然呆愣，發呆了一陣又搖頭，「我聽說森林中有邪惡的巫師，能讓人換一張臉，你是不是……」

沒想到他會扯出荒誕不經的童話，看著潘困惑又糾結的神情，修納忍俊不禁，「沒錯，我遇見了好心的仙女，不僅是臉，身體也一併更換了。」

潘覺得自己被耍了，「不對！菲戈應該已經死了，你不可能是他！」

修納揚了揚眉，「如果還有別人清楚你從小到大幹過的每一樁壞事的話……」

嘴張成圓形，潘思考得頭都痛了，終於勉強接受，「這七年你去哪了？」

「我進了軍隊。」

潘勃然變色，剛生出的信任又轉為驚疑，「軍隊？你成了軍方的人!?」

「準確地說，軍方是我的人。」

潘警惕地盯著他。

修納讚賞地笑笑，「以後你會明白。」

潘挑了另一個話題發問：「當年你是怎麼從軍方手上逃出去的？」

修納停了一下，語氣柔軟了許多，「她救了我。」

「哪個她？」

聽出試探，修納又笑了，目光戲謔，「你不是一直想摸她的腰？」

潘臉紅了，鮮見地尷尬結舌。

修納平靜地解釋：「她救了我，把我送離休瓦，付出了終生囚禁的代價，所以，七年後我才能出現在這。」

潘又一次傻了，半晌才語無倫次地開口：「公爵小姐為了你……她果然是個好人！菲戈，你眞有魅力，我就跟喬芙說她……」

潘忽然緊緊閉上嘴，像木偶被擰上了下巴。

「喬芙還在？」

「當然……」潘乾巴巴地回答，不知想到什麼，變得極不自在，「當年你警告我們要躲起來，所以大部分人都沒事，薩也在，只是酒喝得更多了。」

「那很好。」修納像多年前一樣揉了揉潘的頭，頗感安慰，「很高興你們還在。」

潘的眼珠轉來轉去，終於忍不住打開門，喊過一個同伴，低聲吩咐。

等對方飛跑出去，潘才回過頭，對修納期期艾艾道：「菲戈……有件事可能得讓你知道……」

潘的神色相當怪異，修納挑起眉，「什麼？」

「請你原諒喬芙。」

「喬芙？」修納眼眸一閃，生出微惑，「她做了什麼必須祈求我的原諒？」

「她……」潘欲言又止，像被貓咬住了舌頭，「你先保證不會打她。」

「你知道我從不打女人。」修納皺起眉。

門被輕敲，潘從夥伴手中接過一個盒子，轉回來遞給他，「這個給你。」

看了一眼潘小心翼翼的表情，修納打開了木盒。盒子裡放著一枚薔薇胸針，由珍珠和寶石鑲成，飾物不大，卻有一種低調的奢華。

拈起胸針打量，修納的目光在花萼處停了一下，絲絨邊緣有一點深漬，看上去像陳年的血。

「這東西是從哪來的？」

「是她……」潘咳了咳，退後一步，「你的情人遺落的，我從喬芙那裡拿到……」

果然是林家的東西！

修納抬眼盯住他，「喬芙怎麼會弄到它？」

潘手上撥弄著帽子，像一個被押上刑場的囚犯，「林公爵展開血腥屠殺後，喬芙躲到里爾城避風頭，偶然撞見她向妓女打聽醫生。喬芙憎恨林公爵，認爲抓住了機會……」

「什麼醫生？」修納打斷了潘的話，「說清楚一點！」

「你不知道？」潘頓了一下，變得很遲疑，「她……找醫生墮胎。」

修納俊美的臉龐一瞬間變得慘白，「你說她……」

潘話說得很困難，又不得不繼續：「喬芙恨魔鬼公爵殺了那麼多人，又認爲她根本不愛你，只是在利用你，否則一定會想辦法保住你的孩子，畢竟……當時我們都以爲你已經死了。所以，喬芙收買了密醫，想趁墮胎的時候殺死她，報復林公爵。」

想起那個美麗的女人，潘愧疚得不敢抬眼，「幸好她帶著槍，手術的時候，她拒絕麻醉，手一直沒從槍上拿開，醫生不敢……聽說她流了很多血，躺了很久才走。喬芙說，林公爵不會有後嗣了，因爲她這輩子都不可能再懷孕……」

修納沒有開口，也無法開口，胸膛彷彿被尖利的鐵爪撕開，痛得無法呼吸。

「別恨喬芙，她是因爲你才……」

在這樣的錯誤前，什麼言語都蒼白得可笑，潘無法再替喬芙辯解，只能訥訥道：「胸針是她掉下的，我從喬芙手上弄過來，本想找機會還給她……菲戈，對不起！」

22 凋落

「你要我們主動進攻基地？」第二次面談，聽完修納的計畫，潘顧慮重重，「對軍隊，我們力量太弱，根本沒有勝算，假如當年的那一幕重演……」

「沒有假如，我的軍隊會戰勝林公爵！」

潘一陣沉默，才道：「菲戈，你變了！你要用我們的鮮血替你開路？」

時光改變了許多，潘已經不再是跟在他身後的孩子，修納反而更為欣賞，「你希望休瓦永遠保持現狀？」

「這裡是地獄，但你的建議並不意味著光明。」

修納目光一閃，「潘，你想要什麼樣的生活？」

潘一怔。

「永遠像不見天日的耗子一樣待在貧民區，活在林公爵的陰影下，除了喝酒和對貴族馬車吐口水之外一無所能？除了捨棄自尊，過完漫長卑瑣的人生外，你還有什麼值得回憶與驕傲？」修納凝望著昔日的夥伴，字字犀利，「大軍正在城外血戰，那座壓制休瓦的堡壘只要一點助力就能讓它崩塌，想報復多年的血仇？沒有比現在更好的時機！」

潘的臉色變了，被某種無形的東西點亮了神采，「你是說，我們能徹底埋葬鐵血公爵？」

修納微微一哂，冷峻的臉龐生出一種睥睨的銳氣，「這是休瓦人對皇室和林公爵的復仇，相信我，你會看到這場殺戮的終結！」

透過窗戶，可以看見修納正在與一群人商談。這已經是第三批，這些人全部是由潘找過來的。

「你在想什麼？」達雷的聲音壓得很低。

威廉同樣聲音極低地回答：「我在猜那天他們究竟談了些什麼，讓執政官的臉色那麼難看，我從沒見過他臉上出現那種表情。」

「我也沒見過，路上還……」達雷忽然想起懸而未解的疑惑，「威廉，你知道林公爵有個女兒嗎？」

話題突然一轉，威廉莫名其妙，「你想讓林公爵的女兒給你煮湯補衣服？恐怕不合適，說不定她連馬鈴薯都沒見過！」

達雷額頭的青筋跳了跳，「這事和大人有關。」

威廉仍然不解，但稍稍收起了調侃，「我聽說他是有個女兒，不過在上流社會極少露面，據說因繼承人之爭犯了重罪，被祕密處理掉，其他就不清楚了。」

繼承人之爭？這與他聽到的說法似乎有出入！

「祕密處理掉是什麼意思？」

「就是內部處置，不對外公佈，可能是流放監禁或處死一類，」威廉聳聳肩，「大概是爲了保全林氏的顏面。問這個幹什麼？」

「執政官想要林公爵的女兒。」

靜了一刻，威廉攬住了同僚的肩，誇張地感慨：「親愛的達雷，你眞讓我刮目相看，居然會開玩笑了！」

達雷氣結，「這是眞話！」

威廉翻了個白眼，拒絕相信，「別騙我了，大人不喜歡女人。在學院時我就認識他，從沒見過他對哪個女人多看一眼，就算是聯姻，他也不會挑林氏的人。」

達雷沒有再搭腔。不僅是威廉，連他都難以置信，幾乎懷疑那些片段僅是夢境。

「你是說眞的？」見達雷沉默，威廉開始動搖，孤疑地望向屋內的修納。自見過潘後，那張俊美的面孔就像結了冰的岩石。

會議結束了，裡面的人一一走出，最後是修納與潘。

等其他人都離開之後，修納問了一個奇怪的問題：「那個地方還在？」

潘點點頭，「在，沒人想到你會把東西放在那兒。」

那是哪？東西是什麼？達雷和威廉的疑惑很快有了解答。

某個廢棄的礦道深處起出了成箱的槍支彈藥，用防潮的油布裹得嚴嚴實實，歷經數年，仍保存完好。

最興奮的人是潘，他曾聽菲戈說偷出過一批武器，可誰也不知藏在哪，這批軍方制式裝備相當精良，令人愛不釋手。

修納拎起一把槍打量。

盜出軍械後，他並未分發，爲免肖恩衝動行事，一直藏得很隱蔽，沒想到時隔多年後又派上了用場，數量不算多，但足夠達成他的目標。

剛走出礦道，一個女人擋住了他們的去路。低胸長裙裹著豐滿的身材，成熟冶豔，媚色動人，好一個天生的尤物！

威廉吹了一聲口哨，驚訝於這小城裡竟有如此麗人，儘管年齡稍長，卻更有一番撩人的風情。

勾魂的美目一一打量，最終定在潘身邊的人——年輕英俊的修納身上，彷彿想說什麼，卻難以出口。

氣氛明顯緊張起來，潘來回張望著兩人。

修納看了她一眼，一言不發地走過。

「菲戈！」

這聲呼喚令修納停下了腳步。

潘帶走了其他人，僅剩兩人單獨相處，沉默了一陣，那麗人終於開口——

「潘告訴我……」喬芙咬了咬唇，試圖尋找昔日的痕跡，「你眞的是菲戈？」

修納漆黑的眼眸，冷冷地望著她。

「別這樣看我！」喬芙按了按額頭，聲音微微發顫，「我比誰都希望你活著，我以爲……」

隔了很久他才回答：「即使我眞的死了，妳也不該傷害她。」

「她是林公爵的女兒！」喬芙帶著哽咽爲自己辯白，「我只是太恨他，又什麼也做不了，這是唯一讓他痛苦的方式。」

「只爲仇恨？」他的語調冷淡如冰，「喬芙，問問妳的心。」

空氣寂靜了片刻，喬芙突然笑了起來，一滴眼淚劃過她豔麗的臉龐，「對，我嫉妒她！」

紅唇被咬得發白，她再沒有一絲顧忌，「我嫉妒她能得到你的愛、嫉妒你不計後果地保護她、嫉妒你看她時溫柔的眼神！她明明是那個魔鬼的女兒，是你的敵人，你卻愛上了她。我嫉妒到想毀掉她的臉，毀掉她的手和腳，毀掉她吸引你的一切！」

喬芙絕望地笑，又一串眼淚落下來，「爲什麼你會愛她？爲什麼你死了，她還活著？爲什麼她能拿掉你的孩子，若無其事地做公爵小姐？爲什麼我那樣愛你，你卻視而不見……」

冰冷的眼神多了一份難言的痛楚。

「我知道你恨我，」漸漸從失態中鎮靜下來，喬芙擦去淚，回復驕傲，「沒關係，恨比遺忘好。」

「對不起，我無法愛妳，也無法原諒妳。」對著多年前的好友，修納淡淡道出話語，宛如一場告別，「比起妳，我更恨我自己，是我帶給她所有痛苦、屈辱和傷害，但願我能用餘生去補償犯下的過錯。」清沉話音停頓了一下，變得極冷，「而妳……妳不再是我的朋友，希望我們不會再見。」

風乾的眼眶又有淚落下來，但這次沒有被人看見，無聲地墜落塵埃。

曾經愛過的那個男子已經擦肩而過，頭也不回地離去。纖細的肩膀不停地顫抖，喬芙無法抑制地痛哭起來。

執政軍與皇家軍隊的血戰仍在膠著，耗時良久。

士兵在槍林彈雨中拚殺，遞補上去的援軍很快被死神消耗殆盡，血腥的戰爭如同絞肉機，輕易吞噬了無數生命。

隨著時間推移，犧牲愈加慘烈，源源不斷投入的兵力瞬間揮灑為血泥。雙方都對地緣瞭若指掌，常規戰略不起任何作用，在林公爵老練的指揮下，戰爭的天平逐漸向皇家軍隊傾斜。

然而，就在此時，迎來了戰爭的轉捩點。

第三個月的某一天下午，遠方的休瓦升起了濃重的黑煙，在晴朗的天空下，極為醒目。出其不意潛入敵後的修納，率領休瓦叛亂組織，攻陷了防衛空虛的基地。

後方被敵人奪取，皇家軍隊陷入了難以遏制的恐慌，動搖的士兵開始崩散。像堅固堤壩出現了裂縫，執政軍一方氣勢霍然高漲，發起了更猛烈的攻擊。

慌亂和頹喪猶如洪水，在皇家軍隊中擴散，就算是鐵血公爵也無法逆轉。休瓦之戰，在這一刻決出了勝負。

接到林公爵的死訊，修納並不意外。

林公爵蒼白的遺容沒有恐懼，也沒有敗陣後的憤懣，只餘平靜和疲倦。

這位曾經的帝國軍神，殺死了七十多個敵人，最後還用劍刺穿了一個士兵的胸膛。比起在民眾的圍觀咒罵聲中上斷頭台，死於戰場似乎更符合林氏的鐵血軍魂。

曾經高不可仰的對手倒下了，修納卻沒有半點欣喜。

繼位不久的皇儲缺乏抵抗的勇氣，十餘天後便在大局已去的情況下，選擇了投降。

皇家軍隊的士兵在槍口下解除武器，被執政軍分區監管。修納將追擊殘部的任務交給達雷，直接進駐了休瓦基地。

踏入一片混亂的基地，他首先打開地牢，這一被後世理解爲高貴仁慈的舉動，學者們載入史籍讚頌，唯有在場的達雷和威廉知道，事實有多麼離譜。

「沒有是什麼意思!?」冰冷的低吼出自修納之口。贏了決戰，他俊美的面孔，卻是一片沸騰的怒焰。

威廉冷汗淋漓，寧可面對一千個敵人，也不願面對盛怒的修納。

他已經把地牢翻了幾遍，幾乎扒開地縫搜尋，卻找不到一個叫林伊蘭的。別說女囚，連男人他都一一看過，沒有一個是綠眼睛，跟林公爵一樣的綠眼睛……

威廉曾將同僚的話語視爲天方夜談，現在才知道自己錯得多離譜，極其後悔沒從寡言少語的達雷將軍嘴裡挖出更多內情。

「徹底查過了，屬下以性命為證，地牢裡絕對沒有將軍要找的人。」

「不可能！秦洛說過她被囚在休瓦。」修納煩躁地否定，無法抑制恐懼。打下帝國，進入基地，卻依然找不到牽掛的身影。反覆搜尋無果，他極想把遠在帝都的秦洛揪出來，問個清楚。

雙手撐著桌面，沉默良久，修納突然開口：「去找林公爵最親近的人，把僅次於公爵的將領帶上來！」

修納的命令立刻得到執行，投降時試圖自殺的穆法中將被帶到面前來。可憐的他肩膀上還裹著染血的繃帶，牽動了傷口，疼得臉色發青。

如果當時不是副官撞了一下，穆法中將必定已追隨林公爵，投入了死神的懷抱。威廉尊重真正的軍人，對受傷的俘虜以禮相待，但此刻他很慶幸有人能轉嫁修納的憤怒，迫不及待把穆法中將從擔架上拖了起來。

「殺了我！你不會從我這得到任何東西……」儘管虛弱，穆法中將依然有貴族的矜傲，態度極為強硬。

被焦躁折磨得失去耐心的修納瀕臨爆發的邊緣，「假如不說，我保證你的家人會逐一死在你眼前，以你絕不願意看到的方式！」

穆法中將輕蔑冷笑。

修納閉了閉眼，忍下施暴的衝動，「我只問你一件事，與皇室及軍事密要無關。如果你依然選擇沉默，我會把你釘住手腳，倒掛在休瓦街頭！」

森寒的殺氣令人窒息，穆法中將卻毫無畏懼，眼中冷笑更盛。

「林公爵的女兒林伊蘭少校在哪？」

匪夷所思的問題令穆法中將目瞪口呆，縱然決意求死，他仍無法擺脫好奇這一人類天性，忍不住脫口：「你問的是誰？」

「林伊蘭！」

「伊蘭？」穆法中將喃喃複述，難以理解，「你跟她……」

「別管我跟她是什麼關係。」修納咬咬牙，「告訴我她被囚禁在何處！」

「囚禁？」穆法中將迷茫地重複了一遍。

「伊蘭沒有被囚禁？」修納敏感地覺察，「她到底在哪裡？」

無須詢問，穆法中將已從敵人牽掛的神情看出了端倪，錯愕之餘，忍不住苦笑，傷感的臉龐充滿無奈，「是的，沒有囚禁。」

不再迴避，穆法中將的答案簡短而直接——

「她死了！」

飛馳的馬車在基地門口戛然停下，駿馬沉重地喘息，口鼻冒出了白沫。

跳下來的是帝國首席大法官秦洛，威廉快步地迎上前，彷彿見到了救星，「歡迎抵達休瓦，我們非常需要閣下！」

抑下長途跋涉的疲憊，秦洛把副手甩在身後，走得飛快，「他怎麼樣？」

「不知道。」迎視著秦洛的目光，威廉苦笑，「大人從得知死訊的那天起，一直把自己關在房間裡，沒有出來。」

秦洛從接到決戰勝利消息的當日從帝都動身，半路上又遇到威廉加急的信使，換了數次馬車，不眠不休地趕路，體力幾乎消耗殆盡。

一路到房門前，護衛的達雷行了個軍禮，儘管沒說話，憂急的目光已露出了欣慰的盼望。跟隨修納多年，達雷很清楚這兩人有著什麼樣的交情。

秦洛明白自己即將面對的是什麼，在門口深吸一口氣，他摘下帽子，遞給威廉，「在外邊待著，不管發生什麼，別進來！」

甫一進入房間，秦洛就被地面凌亂的物品絆了一下，他回身關上了門。

「修納？」適應了黑暗，隱約看出一個倚牆而坐的輪廓，秦洛踢開雜物走近。

「洛，」沙啞的語聲輕而危險，「告訴我伊蘭到底在哪裡！」

秦洛苦笑，揉了揉自己的臉，準備迎接即將到來的疼痛。

「帝都平民公墓，她六年前就死了，我一直沒敢……」一記重拳打斷了他接下來的話，又一記落在腹部。

秦洛痙攣地彎下腰，放棄格擋，任暴雨般的拳頭落在身上。當眼前陣陣發黑，他由衷感到慶幸，成功地昏了過去。

刺痛喚醒了神智，秦洛睜開眼。

房內依然黑暗，可見昏迷後他一直躺在地上，無人聞問。

秦洛嘆了口氣，撐著坐起來，像身邊人一樣倚坐牆畔。他舔了舔乾澀的唇，青腫的臉頰一陣痛，嘴裡全是鐵鏽般的腥氣，沒話找話地抱怨：「成年後，你揍過我兩次，每次都是因爲她！」

身邊的人彷彿凝成了一座僵硬的銅像，很久才有了嘶啞的回應：「你說過她還活著……」

秦洛無聲地苦笑。

「你說她是公爵的女兒，不會受刑，更不會……」修納的聲音顫抖起來，把臉埋入掌心，無法說出那個冰冷的字眼。

「對，我是說過。」秦洛勉強伸直了腿，從口袋裡摸出香煙，打火點燃，「前提是她僅是利用神之光救了一個死囚，又僅是殺了一個小小的技術員。」

煙霧從受重擊的鼻子裡呼出，秦洛的話語，似也帶上了香煙的澀意，「可她做的遠遠超過了這些！她殺了柏格準將，帝國天才級的研究者。焚毀了儲備區，令千辛萬苦研究出的淨化封存技術和完善的後備庫化為烏有。她還燒掉了神之光的手卷……她做得很成功，甚至利用柏格準將，在事發前毀掉了所有謄本，沒有人能幹得更徹底了。帝國投入兩代人，耗時六十年的神之光研究因此中斷，整個項目廢棄，你說這樣的罪行，會有什麼下場？」

無人應答，秦洛只能自言自語。

「沒人發現柏格那個怪胎竟然研究成功了，你很幸運，是神之光唯一的受惠者，更幸運的是，迄今無人知曉這點，否則誰知道世界會亂成什麼樣子？上了斷頭台的尊貴的皇帝陛下對這項技術期盼已久，你能想像他有多憤怒？」

依然是一個人的獨白，秦洛彷彿對著鬼魂說話。

「皇帝懷疑這是林氏的陰謀，下令徹查，維肯公爵如獲至寶，不惜任何代價撬開她的嘴，許諾只要她承認受林公爵指使，就可以避過死刑，改爲流放……」

凝定的黑影動了一下，僵硬的骨節發出一聲輕響。

秦洛靠著牆苦笑，神色複雜，「她拒絕了，是不是不可思議？她背叛了自己的父親，卻拒絕背叛家族，寧願忍受酷刑。」

沉默持續了一會兒，秦洛才繼續道：「爲免在押送的路上丟失了重要罪犯，維肯公爵特別從帝都派遣了審判官，審訊的地點就在休瓦基地。維肯公爵算準林公爵會放棄她，爲洗清嫌疑，甚至不會讓審訊出任何意外……

或許維肯公爵更希望林公爵衝動行事，可惜什麼也沒發生。六個月的審訊沒有任何進展，維肯公爵非常失望。最終她被判處死刑，槍決於休瓦地牢，林公爵表現得就像從來沒有這個女兒，行刑前還是穆法中將去看了她，安排殮葬。

我不敢告訴你眞相，你對她太執著，誰知道會做出什麼瘋狂的事？可我沒想到，你會爲她做到如今這個地步。」秦洛艱難地道歉，發自內心感到愧疚，「看你不惜一切向上爬，曾經有幾次我想坦白……抱歉，是我利用了你，利用你實現我的野心，給了你虛假的謊言！」

修納默默地聽著，黑暗中，有什麼滑過他冰冷的臉頰，帶來陌生的潮濕。

在他一無所知的時候，那朵美麗的薔薇已悄然凋謝，所有的努力、所有的愛戀，全部落入了虛空。

他失去了她，失去了銘在心頭、刻入靈魂的愛人，再也無法挽回。縱然賠上帝國，賠上無數人的命，也改變不了這個殘酷的現實。

秦洛看不見朋友的臉，但他有一雙好耳朵，足以聽見液體跌落衣襟的微響，竟也覺得鼻子發酸。

「伊蘭她……有過我的孩子……」修納突然開口，哽咽得幾乎說不下去，「……不得不去找街頭密醫……差點死在骯髒的手術檯上……我竟然讓她……」

想到她一度承受的屈辱和痛苦，他恨得想殺掉自己。

「我知道，我曾要她把孩子生下來，但沒告訴她我和你的關係。」秦洛僵硬地回答。

他很清楚自己當初有多糟糕、多卑劣、多自私、多冷酷，以致她到最後都不曾向他尋求幫助，獨自承擔了一切。

痙攣的指間滲出了血，錐痛壓倒了理性，修納極想瘋狂地破壞，毀滅所有的一切。

沉寂維持了很久，秦洛按住自己的眼，盡力讓聲音顯得平靜。

「我明白你在想什麼。是的，這個世界……對她太殘忍了……」

23 紅眸

叮噹的街車從卡蘭城街道上駛過，過期的舊報紙在空中飛舞，隨著風打了個旋，落在地上，被一隻纖細的手拾起。頭版粗黑的大字，印出了街巷熱烈傳播的消息——

帝國軍神大獲全勝，冷血屠夫戰敗身亡。

作者以激昂的筆調，頌揚了修納執政官親征的輝煌戰果，對敗陣的林公爵極盡挖苦之能事，文末又對修納執政官的仁慈大加讚嘆，竟然不曾將民眾的公敵曝屍示眾，而是以軍禮掩埋。

看完滿篇文字，她長長的睫毛靜滯了一刻，折起報紙，放在隨身的提籃中，從喧嚷的大街走回窄巷，進入一間低矮的小屋，徑直來到廚房。

「奧薇，妳總算回來了！」五十餘歲的婦人莎拉回過頭，埋怨的話語帶著笑意，「再拖下去，晚上沒有湯喝，艾利會抱怨我的！」

「那家店沒有香草了，走到另一條街才買到。」吻了吻莎拉的頰，奧薇放下籃子，「我來削馬鈴薯。」

除掉兜帽和長披風，奧薇穿上圍裙，拎起細帶，繞到腰後打結。莎拉含笑替女兒撥開一縷散落的長髮。

奧薇的臉頰帶著淡粉，鼻尖微翹，小嘴瑩潤，肌膚潔白無瑕，像薔薇花瓣一樣嬌嫩。這可愛的孩子是莎拉至愛的珍寶，在失去多年後復得，儘管忘記了過去的一切，但能恢復健康快樂的生活，莎拉已經無比感激神的恩賜。

好不容易忙碌完畢，門外傳來響動，是收工回家的艾利在叫喚：「累死了！媽媽，晚飯還沒好嗎？」

廚房裡的兩人相對一笑，奧薇揚聲：「等一等，今天有好吃的燉肉。」

艾利歡呼，拍了拍身邊友人的肩，「聽見了嗎？拉斐爾，你真好運！」

說完，艾利才後知後覺地想起來，「媽媽，多切一點麵包，有朋友到家裡吃飯。」

莎拉應了一聲。

艾利隨手把新交的朋友按在椅子上，走去倒水，愉快地吹著口哨，等候晚餐。

拉斐爾是一個瘦削結實的男人，相貌英俊，微勾的鼻子給人敏捷果斷的感覺。他正環視著所處的房間——光線暗淡，門窗破舊，牆角帶著潮濕的印痕。

住在這裡或許不會舒適，但內屋隱約傳來湯盆的輕響，加上艾利的口哨，渲染出一種輕快活潑的氛圍，讓人情不自禁地放鬆。

半晌，一個女孩端著托盤，從裡屋走出。她身姿優美，異常輕盈，美麗的眼眸竟然是火一般的緋紅。

她對著拉斐爾淺淺一笑，暗淡的屋子，彷彿突然亮了起來。拉斐爾忘了回禮，等回過神，女孩又進了廚房。

「那是……」

「我妹妹奧薇。」艾利把手壓在他肩上，不無得意地咧嘴，「漂亮吧？她的美貌簡直可以匹配伯爵！」他頗爲遺憾地感嘆，語帶玄機地睨著拉斐爾，「眞不知哪個傻瓜有這好運，能娶到她？」

誰能想到，狹窄的陋室竟有如此美人，彷彿海上泡沫中孕育出的精靈！

拉斐爾有一刻的失神，聽到艾利的話語後，立刻清醒，轉爲禮貌性的誇讚：「確實讓人驚訝，尤其是眸色，非常少見。」

「紅色的眼睛在邊境很常見，」艾利立刻替妹妹辯解，「只是這一帶不多而已。你不認爲很美？」

拉斐爾只能微笑。

接下來的用餐時間，拉斐爾繞開了任何近似的話題。艾利的東扯西拉、曖昧湊趣全部落了空，卻兀自不死心地堅持著，暗示越來越直接。

「艾利，難道湯不夠好喝嗎？」奧薇的聲音柔和悅耳，秀眉微蹙，像無奈的姊姊看著弟弟胡鬧。

艾利嗆了一下，對妹妹的警告頗爲忌憚，端起湯，識趣地改變了話題。

拉斐爾鬆了口氣，終於順利地吃完了飯。

喝完茶，送走客人，奧薇瞪著艾利，還來不及責備，莎拉適時地呼喚：「奧薇，把椅子上那件襯衣洗一洗，艾利後天要穿。」

艾利在母親的幫助下躲過一劫，探頭做了個鬼臉，快活地閃到內室洗澡去了。

當奧薇洗完濕衣，搭在屋外的晾架上，惹麻煩的艾利又晃過來，不死心地探問：「妳覺得拉斐爾這個人怎樣？」

奧薇反問：「你和他是怎麼認識的？」

「他是工廠的分區管事，頭腦和人緣都很棒，與我這樣的粗工不同，很受工廠主器重。」見妹妹似乎有興趣，艾利變得沾沾自喜，「他來自尼斯，薪酬可觀，每天都有人約他用餐，以推銷自己的女兒，我可是好不容易才把他請回來的！」

「你工作的地方，究竟是做什麼的？」艾利剛要大談特談，奧薇已經轉到另一個話題。

「處理一種特別的晶石，是執政府出資建造的，規矩非常嚴，不過薪酬比其他工廠要高。」好不容易從數百人中通過甄選，艾利引以爲豪。

「什麼樣的晶石？」

見妹妹似乎對工廠更關注，艾利略感失望，但還是有問必答：「我以前也沒見過，那是一種淡藍色的能量礦石，處理的每道工序都要十分小心，車間也管得很嚴，不許工人隨意走動。」

奧薇沉默了許久，抬手撫平濕衣上的折痕，「艾利，以後最好離拉斐爾先生遠一點！」

「爲什麼？」艾利不明所以。

緋紅的眼眸抬起來，奧薇沒了笑容，「我不喜歡他。」

走過一樓門廳，年輕的拉斐爾先生向房東太太問了聲好，接過一壺奶茶，爬上樓梯，打開了自己的房門。

反手鎖好門，爲自己倒了一杯香濃的奶茶，拉斐爾抽出筆，灌滿墨水，想了想，在精緻的信紙上寫下了第一個字母——

我最尊敬的朋友：

我得報告一個不怎麼美妙的訊息，恐怕我們最擔心的那件事，已經成為了現實！

那個不可思議的方案不是只停留在虛無縹緲的構想，它被強而有力的命令賦予了生命，即將在帝國各地盛開。我親眼見識了它所帶來的驚人的能量，比此前預想的超出一百倍，我敢斷定，在不久的將來，西爾會因此發生翻天覆地的變化！

就如我們曾經談及的，這種變化導致的未來令人憂心。我將嘗試進一步接觸，取得少許核心的奧祕。當然，這並不容易，西爾的執政官十分警覺，用嚴厲的措施防範意外，或許必須採取一些冒險的方法，我將盡一切可能。

祝安好

您忠實的拉斐爾

「艾利！」

從渾沌中清醒過來，艾利看見妹妹的臉在鐵欄外。

見到那雙緋紅的眼眸，彷彿塞滿亂絮的心一下被沖開，他像一個委屈的孩子，聲音都變了：「奧薇！」

「艾利，告訴我是怎麼回事！」奧薇半跪在牢邊，從提籃中取出粗麵包和切好的肉乾遞進去，「別擔心，媽媽很好，我請了鄰居嬤嬤陪她說話。」

艾利眼眶一紅，「我不知道！我真的不知道！奧薇，妳相信我。我根本不知道那塊該死的晶石怎麼會出現在我身上，或許是工作的時候掉進去的，我真的沒有偷！他們都不相信，說一定是有人指使……」

又急又快的話語紊亂不清，奧薇耐心地勸慰：「好的，艾利，我知道了。我們還有一點時間，你先吃東西，慢慢地告訴我是怎麼回事。」

柔和的安撫讓艾利稍稍平靜了一點，他這才覺得餓得發慌，抓起麵包，邊啃邊說，最後想起什麼，問道：「奧薇，妳是怎麼進來的？」

「我賄賂了獄卒。」聽完來龍去脈，奧薇垂下眼眸，思考了一會兒，「艾利，那件衣服你一直穿著？今天有人接近過你嗎？」

「只有幾個一起幹活的工友，對了，還有拉斐爾，他中午來找我，說晚上要到我們家吃飯。」艾利沮喪極了，「對不起，奧薇，我搞砸了！拉斐爾本來對妳很有好感，現在全完了，都是我的錯！」

聽著艾利懊惱的自責，微冷的眼眸轉暖，奧薇越過欄杆拍了拍他的手，撫慰情緒低落到極點的哥哥，「這不怪你。別怕，我會想辦法。」

「妳有什麼辦法？妳只是個女孩子！」艾利已經對現實絕望，「奧薇，如果我死了，妳要好好照顧……」

「別說傻話，你不會有事！」奧薇立即打斷他。

「他們說會絞死我，一旦證明我是間諜……」想起恐怖至極的刑具，艾利喪失了所有勇氣，「今天就要審問了，說不定我根本無法活過今晚！昨天有一個人受刑，全身都被烙鐵燙爛了，那樣子實在太可怕！」

「聽著，」奧薇握住鐵杆後的那雙手，「艾利，接下來你要照我說的做，記住每一個字。」

艾利愣愣地望著她，那雙緋紅的眼睛清冷銳利，彷彿換了另外一個人。

「晚上受審時，你告訴他們，你確實受人指使，三天前，有人許諾給你一袋金幣，讓你從廠房裡偷走晶石。那個人繫著連帽披風，所以你沒有看見他的臉，但他似乎略帶尼斯口音。你們約好一週後在街角酒吧交易，他先付了兩枚金幣的訂金。如果再追問，你就說金幣交給我了，明白嗎？」

艾利不解，「奧薇，我沒有……」

「我知道你沒有，但只有這樣才能讓你暫時躲過受刑。」奧薇簡單地解釋，「不論是什麼懲罰，從法庭宣判到行刑至少有七天，七天內，我會想辦法救你出來！」

「奧薇，妳不可能有什麼辦法。」艾利更加疑惑了。

她側了下頭，微微一笑，「別擔心，我會向合適的人尋求幫助。」

「妳……」

「艾利！」奧薇稍稍加重了語氣，「我是你妹妹，不會害你！相信我，一定會讓你安全的脫離監獄。」

見她神色鎮定而自信，讓艾利不由自主地點頭。明知柔弱而需要保護的妹妹或許僅是口頭安慰，仍萌生出一線獲救的希望。

莎拉被深夜闖入的警備隊嚇得魂飛魄散，被奧薇扶著才沒倒下去。

很快地，警備隊員在放錢的鐵盒裡找到了目標——兩枚亮閃閃的金幣，來自三小時以前拉斐爾先生屋中的錢袋。雖然他本人當時並不在場，卻有一位親切的工友慷慨告知了地址。

窮凶極惡的警備隊走後，望著滿室狼籍，想到身陷獄中的兒子，莎拉又一次無助地哭泣。

奧薇卻很淡定，她勸走了圍觀的鄰居，頂住被踢壞的門，用熱毛巾為莎拉拭臉，「媽媽，艾利不會有事，我拜託了上次來過的拉斐爾先生，他答應幫忙。」

莎拉愣愣地抬起頭，難以置信，「他眞的願意幫忙？他能救艾利？」

「拉斐爾先生在監獄裡有朋友，會在行刑之前放艾利出來。」奧薇攬住母親單薄的肩膀勸說，「所以，爲了艾利，我們必須離開卡蘭城，逃到一個安全的地方去。」

「逃？讓艾利做一個逃犯？」莎拉本能地感到恐懼，「天哪……」

「這是唯一的辦法，不能讓艾利受刑。只要小心一點，到其他城市就能重新開始生活。別怕，媽媽，爲了艾利，我們要勇敢一點！」

「我們該怎麼辦？」莎拉不知所措，這可憐的婦人已被飛來橫禍折磨得心力交瘁。

「明天您對鄰居說，被搜查嚇壞了，不敢再住下去，要到城郊的親戚家。簡單收拾兩件衣服就好，其他的什麼也別帶。」奧薇把十個金幣放在莎拉手中，不等母親驚呼，她壓低聲音解釋：「這是跟拉斐爾先生借的，您先帶著錢去伊頓城，在那裡等我和艾利。」

「奧薇，那妳呢？」

「我和艾利一起，拉斐爾先生說分批走較好，不然警備隊會起疑的。」奧薇把謊言說得毫無破綻，「他會在救出哥哥後安排馬車讓我們逃走。」

如果沒錯，拉斐爾先生此刻大概已經逃離了城市，這是資深間諜發現房間被人翻動後的第一選擇。

「噢……」莎拉涕淚漣漣，滿心慶幸，「拉斐爾先生眞是個好人！」

「是的，不用擔心，一切都會好起來的。一個人去伊頓城，媽媽，您能做到嗎？」

莎拉點了點頭，將金幣握在手心，再度有了勇氣。

艾利不知道外面的情況，只覺得審問官對他失去了興趣，他被用在監獄裡，無人問津。工廠中的私下議論卻沸騰一時，難以平息。

深得廠主賞識的拉斐爾突然失蹤，在這個敏感時期，引起了警備隊的重視。詳細調查身分來歷後，他被懷疑爲里茲國間諜，受到了全面通緝。

既然間諜是拉斐爾，那麼可憐的艾利就是被連累的倒楣鬼。可惜縱使如此，他仍被判有罪，數天后將被砍掉雙手。

西爾的刑法一向嚴峻，判決的結果在所有人意料之中，不過沒人想得到，這個倒楣鬼居然會逃獄！

買通獄卒，得知了換班時間，奧薇成功地劫走了囚犯，連人都沒看清的艾利一併被打昏，被拖上每天例行出城的牛奶車，不等警衛發現，他們已雙雙逃出城市。

從刻意留下闖入痕跡，驚走拉斐爾開始，一切都照著預定目標完成。奧薇替昏迷的艾利貼上落腮鬍子，用染色劑更換他的膚色，立刻與被通緝的逃犯判若兩人。

換了幾次馬車，混在一群旅行者中間，兄妹二人終於逃到了與母親約定的伊頓城。看見心愛的一雙兒女安然無恙地出現，被焦灼折磨的莎拉驚喜地叫出聲來，摟住兩人，失聲痛哭，絕處逢生的艾利同樣激動。

奧薇微笑著吻了吻母親淚濕的頰。

伊頓是一座古老的城市，統領這座城市的是索倫家族。

這個家族把持整座城市已有近百年，產業遍佈工廠、劇院、商業作坊、手工店鋪等各類行業，即使在帝國最動盪的時刻，索倫家族仍然穩如磐石，連強勢的執政府都不得不暫時放任。

這種半獨立的情況，正是奧薇選擇這裡的原因。

一家人在城市中安頓下來，艾利積極尋找工作的機會，這實心眼的小夥子對欠下的金幣實在愧疚難安。莎拉也在考慮替人洗衣，以求在最短時間內償還拉斐爾先生的恩情，對此，奧薇正在設想合適的理由勸阻，畢竟過於辛勞無益於莎拉的身體。

平靜的生活似乎再度來臨，但，一場意外帶來了新的變數——

色彩斑斕的皮球滾到腳下時，奧薇正在傭工處詢問。碰撞讓她低下頭，發現是孩子的玩具，不由得微笑，拾起來，遞給幾步外的主人。

接過皮球，小女孩仰起頭，黑亮的眼睛宛如葡萄，張著花瓣一樣的唇驚叫出來：「妳的眼睛是紅色的！」

周圍的人群發出了低議，奧薇退了一步，拉低了兜帽。

在外的時候，她習慣垂下眼，避開人們的視線，卻被小小的孩子發現，無意中叫破。

不理會她的退避，小女孩興奮地追上來，「珍妮，妳看，好漂亮的顏色！」

身後的伴婦趕上來，看見奧薇，一把抱住女孩小小的身體，「芙蕾娜小姐，別看，那是不祥的眼睛！」

「怎麼可能!?」芙蕾娜扭動身體，試圖擺脫伴婦的控制，「珍妮，我就要她！」

「芙蕾娜小姐，」婦人試圖勸說任性的小主人，「她不行！爵爺不會同意的，她是會帶來厄運與不祥的人！」

「我不！」芙蕾娜任性地尖叫起來，「父親說我可以自己挑選女僕，我就要她！」

珍妮額頭滲汗，被蠻不講理的小女孩弄得束手無策。

「謝謝妳，我真的不合適。」奧薇蹲下來，平視著年幼的女孩，微微漾起笑意，「抱歉，祝妳挑到一個更好的侍女。」

美麗柔和的笑容令芙蕾娜呆了一下，她掙脫珍妮，抱住了奧薇的脖子，像一隻黏人的小狗，「不！我要她！珍妮，我要她！妳說過這裡的人都可以的！」

這裡確實是僱傭所，可芙蕾娜小姐卻偏偏選中了最不合適的一個，珍妮怎樣哄勸都無效，求助地望向了遠處的馬車。

馬車裡的人顯然發現了異狀，車門開了，走下一個衣著考究的男人，他一把抱起芙蕾娜，相似的輪廓，輕易就能辨認出他們是一對父女。

「我的小公主怎麼了？」男人疼愛地打趣，「瞧瞧妳的紅鼻子！」

主人出面，珍妮鬆了一口氣，「爵爺，芙蕾娜小姐堅持要選一位不適合的女孩做貼身女僕。」

「芙蕾娜爲什麼選她？」男人掃了一眼裹在長斗蓬內的女孩，低頭詢問小女兒。

芙蕾娜孩抽抽噎噎地回答：「我喜歡她……眼睛很美，看起來又很乾淨……」

奧薇失笑之餘又覺得有些溫暖。除了家人，這天眞的孩子是第一個讚美這雙眼睛的人！

「爵爺，她的眼睛不……」珍妮堅持說明。

見奧薇腳步移動，已經要鑽出人群，芙蕾娜卻大哭起來。

男人打斷珍妮，一句話攔住了引起爭端的女孩：「抬起頭，讓我看看妳的臉。」

兩名侍衛攔住了路。

豪華的馬車，強勢的命令，不容拒絕的貴族，奧薇靜默了一下，掀開了遮臉的兜帽，長睫下一雙緋紅色的眼睛，引起了一片譁然。

片刻之後，在周圍充斥的不祥、災難、鮮血……等字眼中，奧薇再度罩上了兜帽。

「父親，她很漂亮，對嗎？我可以要她嗎？」芙蕾娜滿懷希望地看著父親。

「如果芙蕾娜眞的想要，」男人揉了揉小女兒的頭，「有什麼不可以呢？」

一旁的珍妮不贊同地勸道：「爵爺，傳說紅色的眼睛會招來災禍與厄運……」

男人笑起來，把破涕爲笑的芙蕾娜高高拋起又接住，漫然的語調帶著傲慢的自信：「只要芙蕾娜喜歡，沒什麼不可以。至於厄運……索倫家不怕那種東西！」

索倫公爵是個三十餘歲的英俊男人。

他智慧狡詐、心機深沉，平素寬和待人，必要的時候又冷酷無情。同時，他風流自賞，愛好鑒賞名馬和美人，妻子病逝後，他情人無數，宅邸整日賓客盈門，舞會歡宴不斷。

芙蕾娜是他最小的女兒，頗得寵愛，衣飾、飲食，幾乎可以與公主比肩。

在伊頓城的統治者家中做女僕，奧薇並不情願，但似乎沒有別的選擇。幸好她的工作只是陪伴芙蕾娜。索倫公爵身邊美人眾多，夜夜新歡，幾乎難得一見，這讓奧薇略微放下了心。

不到一個月，索倫家上下都清楚，芙蕾娜小姐喜歡新僱的女僕。漸漸地，人們見慣了緋紅的眼睛，私下的議論逐漸消褪。

奧薇折起芙蕾娜換下的衣裙，端起用完的餐盤，芙蕾娜卻拉住她，「奧薇，陪我去上鋼琴課。我討厭若拉老師，過一會兒我裝作暈倒，妳就把我抱出來，然後我們去花園玩。」

奧薇啼笑皆非，半蹲下去替她整理髮飾，「為什麼？妳不喜歡彈鋼琴？」

芙蕾娜喜歡奧薇這樣與她平視，彷彿被視為成年人般對待，「我喜歡，可若拉總是說：『小姐，妳的手指應該再跳躍一點，背挺直，妳節奏太快，又彈錯了……』」老氣橫秋地模仿完女教師刻板的腔調，芙蕾娜皺了皺可愛的鼻子，「她總是找我碴，真討厭！」

奧薇莞爾，「這樣的話確實討厭，可放棄練習又很可惜。我覺得妳那首舞曲彈得非常動聽，半個月後的聚會，一定能讓莉絲小姐大吃一驚！」

芙蕾娜睜大了眼，「妳覺得我能勝過莉絲？」勝過那個鼻子翹到天上的二姊？

奧薇看看左右，壓低聲音，故作神祕地道：「我也不知道，我只是聽見若拉私下誇妳很有天分，是她教過最聰明的學生！」

芙蕾娜漲紅了臉，得意又略為慚愧地道：「若拉真的這麼說？」

「當然。」奧薇牽著她的手，在琴房外停下，「上課時間要到了，需要我告訴若拉妳近期身體欠佳，請她縮短課時嗎？」

「呃……」芙蕾娜改變了主意，聲音細如蚊蚋，「還是不用了。」

緋紅的眼睛盛滿了笑意，替芙蕾娜打開了門。

24 墓地

步出審判廳的秦洛被攔住了去路，近衛官威廉恭敬地行禮，「非常抱歉！我們實在找不到執政官閣下，而這封急報又必須盡快呈送。」

秦洛一愣，隨即省悟。此時正值西爾一年一度的祭掃日，難怪最親近的部下也找不到修納。他嘆了一口氣，接過信封，鑽進馬車，揚聲吩咐車夫：「去城郊的平民墓園。」

不論何時，墓園都是那樣安靜。

這裡埋葬的人太多，守墓者也不甚盡心，參差不齊的雜草遍生，看上去有幾分荒涼。有些墓碑相對精緻，綴飾著色彩鮮麗的瓷像或青銅雕塑，有些則樸素得幾近寒酸，僅豎著一塊石板。

這是屬於逝者的世界，無論生前抱有怎樣的遺憾、擁有怎樣的聲名地位，死亡都給予了永久的安眠。

秦洛走過一座座墳墓，在一個僻靜的角落停下，見一座樸素的墓前盛放著大簇純白的薔薇，立著一個修長挺拔的身影。

修納那張臉顯得冷峻蒼白，毫無笑容。儘管處理事務仍與昔日一般俐落高效，他的氣息卻日漸冰冷，彷彿對生活失去了熱情。

他過得很規律，幾乎將所有時間用在政務上，剩下的則由睡眠與鍛煉分割，機械而單調，日復一日。即使身居高位，他依然有鍛煉的習慣，將力量與靈活性保持在巔峰。他的生活節制、冷漠、乏味，像機器般準確高效。

今天，這部機器顯然脫離了常軌，獨自來到墓園，靜靜凝望著一塊黑色的石碑。

空蕩蕩的石碑光可鑒人，上面沒有名字，沒有任何標誌，提示著墓中人的身分。

秦洛很清楚它屬於誰，這是伊蘭爲自己選的墳墓，在埋葬瑪亞嬤嬤時一併買下，最後把她埋在這裡的是穆法中將。

秦洛望了片刻，走過去陪著修納站了一會兒，忽然開口：「其實她未必愛你。」

身邊的人毫無反應，秦洛說出了埋藏多年的心語：「她是自殺的，爲了擺脫林公爵控制的一切。毀掉神之光才是她的目標，她並不是爲你而死，放棄毫無意義的愧疚吧！」

秦洛等待著暴怒、反駁，或又一次激動的揮拳，可什麼也沒發生。

「我知道。」修納淡淡道，波瀾不起的回答，反而令秦洛錯愕。

「她太善良，即使不愛也不會讓我死在水牢裡，委身於我或許是對公爵的叛逆，死對她而言是一種解脫。正因爲如此，我更愛她。」修納出乎意料的平靜，「我愛她沉默又溫柔的性情，愛她高貴而壓抑的靈魂，愛她軟弱的眼淚、隱忍的堅韌、驕傲而固守的內心，愛她所有的一切。」

靜了許久，修納才再度開口，清冷的聲音微微起伏：「可我從沒說過，從沒讓她知道……」

隱祕的愛情像柔軟的藤蘿，在心底無聲無息蔓生，最後化成尖銳的荊棘，深深刺入心臟，每一根利刺下都流淌著鮮血。

顯然修納比預想中更清醒，秦洛心頭一痛，再無法出聲。

無言的靜默中，墓園走道突然傳來腳步聲。一個挽著籃子的女人走近，看到秦洛後突然停下，清秀的臉龐掠過一絲恐慌。

秦洛認出來人，搜尋著記憶，「妳是……安姬？」

安姬聽說過，當年的秦上校已經成了帝國位高權重的司法大臣。她慘白著臉，踉蹌後退。

威廉先一步制住了想要逃跑的安姬，她是那樣害怕，恐懼得全身發抖。

看見跌落的籃子裡盛著鮮花和一盒香煙，秦洛把語氣放柔，安撫幾欲昏厥的安姬：「妳來看望伊蘭？」

「我……不是……只是路過……」安姬語無倫次，唯恐被仇恨林氏的民眾以亂石砸死。

秦洛盡量表現得親切無害，示意威廉鬆開箝制，「眞巧，我們也是。」

安姬掃過墓前的人，又望見大捧鮮花，終於想起秦洛曾是林伊蘭的未婚夫，或許念著幾分舊情。

「妳退役了？目前在做什麼？」沒想到把安姬嚇成這樣，秦洛稍感愧疚，「妳怎麼知道伊蘭埋在這裡？」

「幾年前退役，開了一間雜貨店……」安姬餘悸未平，不敢不回答，「我是向鍾斯中尉打聽的……」

「妳常來看她？」

「偶爾……」看不出秦洛是否可信，安姬覺得這個答案比較安全。

「謝謝，難得妳能記住她，我想伊蘭會很高興。」秦洛眞誠地致謝。

安姬終於稍稍輕鬆了一點，「應該的，長官以前對我很好。」

很好？好到讓相處一年的部下可以強忍恐懼，冒著被視爲林氏餘黨的風險前來掃墓？

秦洛目光打了個轉，宛如閒話家常般道：「還有家人嗎？也在帝都？」

「不，入伍後我就沒有和家人來往，退役後也是自己一個人生活。」

「一個人經營店鋪會不會很辛苦？前一陣子帝都很亂，希望不曾波及到妳。」

安姬沒發現他的試探，「還好，只是幫手受了點輕傷，沒有太大的損失。」

「哦？妳是怎麼掙到足夠開店的錢？」秦洛疑惑更重。單憑底層士兵微薄的薪餉可以過上這種日子，無異於天方夜譚。

安姬再度緊張起來，眼神不斷地閃躲著，「我存了一點積蓄。」

秦洛感慨道：「能有一家請得起幫手的雜貨店，妳的積蓄眞不少！」

發現到失言，安姬臉色瞬間刷白。

「告訴我，妳是怎麼攢下那些錢的？」三兩下套出破綻，秦洛不打算放過，「是碰巧拾到了神賜的錢袋，還是借助了別人的財物？那個倒楣的人是誰？妳來拜祭究竟是因爲念舊還是心虛？」

「沒有！」安姬驚惶失措地否認，「我沒有偷任何人的東西，眞的！」

「或許該好好清查一下……說不定到了法庭之後，妳會想起來。」秦洛輕描淡寫地又加了一層壓力。

司法大臣的威脅壓垮了意志，安姬哭泣著坦白：「不，請相信我，錢是長官給我的，我沒有偷……」

果然與伊蘭有關！秦洛眼神一暗，聲調冷了下來，「妳最好說實話。假如是伊蘭出事前給妳的，不可能逃過基地失火後的全面調查！」

「我當時什麼也不知道……長官只是給了我一縷頭髮，託我放在隔壁墓穴的石板下。」

安姬嘴唇發顫，努力替自己辯白，「退役後，我到了帝都，打開石板才發現裡頭有一個盒子，裡面裝著一袋金幣和一張字條，說是要送給我的！」

給安姬

我已經用不上這些金幣，但願能對妳有所幫助，祝一切安好。

林伊蘭

字條很簡潔，纖細優雅的字體微傾，與一簇束起的髮一起，成爲林伊蘭留下的最後一點痕跡。柔軟的秀髮上還帶著光澤，彷彿仍殘留著主人的芬芳，修納凝視許久，靈魂似乎已經去了遠方。

秦洛暗自嘆了一口氣，丟過威廉送上的急件，「看看這東西。」

修納回過神，拆開密信，掠了一眼，「里茲果然派出了間諜！」

秦洛接過信箋掃視，「看來對方可能偷到了部分晶石樣品，不過他們注定失望，帝國六十年的研究成果，沒那麼容易解析！」

「那個里茲間諜太心急了，既然之前無人懷疑，爲什麼不繼續潛伏？如此倉惶地逃走，以後再有間諜想混進去，必然困難重重！」修納覺得事情有點怪異。

「或許里茲派了個生手，略有所得就急不可待。」秦洛嘲笑。

修納沉思了一刻，「間諜的事先放在一邊，現在要處理的是維肯與索倫。」

秦洛聳聳肩，「你打算先對誰下手？我建議維肯公爵暫緩，畢竟政變的時候，他資助了你大筆金錢，下手太早，容易引起垢病。」

修納十指交疊，仰望著天花板上的壁畫，緘默不語。

「我知道你想殺了他，」秦洛揉了揉額角，頭疼地說服著，「但現在時機不對，蘇菲亞在執政府中又有一定的影響力，逼得太緊，讓維肯和索倫聯手就麻煩了，畢竟現在局面才剛剛穩定，還有許多蠢蠢欲動的垃圾沒清理乾淨。」

思考良久，修納終於妥協：「好吧！從索倫開始，先讓他吐出伊頓城這塊肥肉。」

撥開矮籬，現出一張孩子的睡臉，奧薇輕輕搖晃著她，「醒醒，芙蕾娜小姐。」

芙蕾娜揉揉眼睛醒來，還帶著迷糊的睡意，由著她抱起，一邊好奇地嘟囔：「奧薇，爲什麼妳總能找到我？」

「大概是因為我小時候也喜歡躲在一些稀奇古怪的地方。」見懷裡的女孩不高興地扁嘴，奧薇道：「芙蕾娜心情不好？」

芙蕾娜眨了下眼，悶悶地應了一聲，依賴地環住了奧薇的脖子。

「今天我去找父親，想讓他看看我的畫，可侍從不讓我進去。」

奧薇溫和地安撫：「爵爺一定很忙！」

「我知道他很忙，可我已經半個月沒見過他了！」芙蕾娜氣惱地抱怨，「他每天都在會見客人。」

奧薇勸哄：「等爵爺忙完會來看妳的，他也一樣想芙蕾娜。」

「我不確定……」芙蕾娜皺著細眉，「我想他現在比較喜歡肯公爵。」

「肯公爵？」

「我在門外聽見的，父親在和叔叔們會談，他們的聲音很大，總是提起這個人。」

奧薇想了一會兒，微蹙起眉，「維肯公爵？」

「好像是這個名字。奧薇，妳真聰明！」芙蕾娜高興地輕叫。

客人是維肯公爵的密使？奧薇的心情漸漸沉重。

維肯與索倫派使者私下往來，究竟是想掀起動盪，顛覆執政府，還是覺察出某些威脅，意圖自保？

新型能源晶石才剛開始推行，時局尚未穩定，執政府應該不會在短期內使用武力。不過這並非絕對，她曾聽聞帝國執政官以軍事政變上台，風格凌厲強悍，假如他無法容忍索倫和維肯長期各踞領地，很可能趁敵人羽翼未豐時下手。

不論是哪一種可能，都意味伊頓城已不再安全！

奧薇抑下思緒，望向臂彎中的孩子，略略生出了不捨。

儘管是做侍女，數月相處卻十分愉快，難測的遠景讓奧薇忍不住憂慮芙蕾娜的未來。但她心底也很清楚，不管將來事情如何變化，都不是她所能更改的，唯一能做的，或許是離開伊頓，在動亂來臨之前遠避！

奧薇沒有想到，公爵毫無轉圜地拒絕了她的辭工。留在伊頓城是冒險，觸怒公爵卻更不智，奧薇只能另作打算。

然而，不等她想出辦法，提前來到的突變便打亂了一切——

執政官的動作比想像中來得更快，也更酷厲無情。一個靜謐的深夜，沉睡中的伊頓冒起了十餘處火光，攪亂了整座城市。

火勢蔓延，人聲雜沓，被驚醒的民眾慌亂地救火，索倫家族卻迎來了一場殺戮的風暴。

被收買的門衛打開了鑄有天使像的大門，放入了可怕的殺戮者。到處都有鮮血在流淌，泉水般沿著樓梯滴落，整座豪邸遍佈屍體。

戴著睡帽的侍女倒在門邊，哆嗦的女主人死在絲綢床上，侍衛被冷槍擊倒在走廊，伊頓城最具威權的家族屍體相疊，奢華的屋宇變成了人間地獄。

第一聲驚叫響起的同時，三樓右側的一間女傭房裡睜開了一雙緋紅的眼，一秒鐘後，奧薇已抓起外裙，赤足奔向芙蕾娜的臥房，並在敵人上樓之前將房間反鎖起來，叫醒了熟睡的孩子。

「奧薇？」

被弄醒的芙蕾娜有點生氣，剛想說話，卻被奧薇摀住了嘴。芙蕾娜完全無法掙動，纖細的奧薇力量比珍妮大得多。

奧薇沒有看懷裡的孩子，凝神聽著外邊的動靜。敵人已經到了三樓，甚至可以聽到低低的悶哼和掙扎聲，彷彿有人在睡夢中被刺穿了胸腹。

隨著殺戮擴散，被驚醒的人越來越多，宅邸響起了接二連三的尖叫和哭喊，終於有了反抗的聲音。芙蕾娜聽出異常，不再掙扎，漸漸顫抖起來。縱然看不見，她依然能感覺出外面是何等恐怖的情景。

「別怕，也別出聲。」雜沓的腳步越來越近，奧薇輕柔的聲音附在她耳邊道，「乖乖地躲在床底下，不管發生什麼都別出來，聽見了嗎？」

溫暖的懷抱似乎有一種安定的力量，芙蕾娜強忍恐懼，點了點頭。

「好孩子！」黑暗中，奧薇似乎笑了一下，用力一抱，隨即把她推到床底下。

一聲破裂的碎響傳來，門開了。

房內充斥著人體被重擊的鈍響、痛叫、慘呼，彷彿陷入一個醒不來的惡夢。

黑暗中，有人沉重倒地，難聞的腥氣越來越重。芙蕾娜不知道奧薇是否受了傷，掉在床底的手指是誰的，斷氣般的垂死喘息聲又是誰的，只聽到持續有人衝進來。

她躲在床底，咬著手指，不敢發出任何聲音，眼淚順著臉頰流下來，她害怕得幾乎喘不過氣。只要閉上眼就能聽出是誰在尖叫，神氣的二姊莉絲還活著嗎？那一聲哭喊是高傲的梅蘭姑媽？憤怒的嘶吼是蒙德叔叔？

時而有火光併著槍聲炸響，小小的孩子不停地哭泣，直到眼淚風乾，黎明的微光映上窗櫺，可怖的聲音終於停了下來。

又過了一會兒，半頹的門被一張桌子頂住，床邊探出一張臉，雪白的臉龐濺著一兩點血漬，在孩子眼中，卻如一個微笑的天使。

「芙蕾娜？」美麗的天使對她伸出手。

芙蕾娜嗚咽著撲過去，緊緊地抱住守護者不放。

「可憐的芙蕾娜，妳一定嚇壞了！」奧薇溫言安慰，摀住了她的眼，「別怕，天亮了，一切都過去了！」

血腥的襲擊者在晨光透出前撤走，如來時一般突然。

毫無疑問，對方已經達成目的，索倫家族遭受重創。

奧薇很清楚，這一場驚心動魄的暗殺僅是開始，爲了徹底拔除索倫家族的勢力，伊頓城即將迎來一場腥風血雨。

索倫公爵走過浸滿鮮血的地毯，每一腳都踩出黏膩的輕響。他的臉色慘白，平靜得可怕，僅剩的侍衛環繞在主人身側，同樣爲地獄般的慘景而震駭。

動亂時，幾名近衛護著索倫公爵躲進了密道，逃過殘殺，倖存下來，此刻卻要承受精神上的強烈刺激。

一個又一個索倫家族的人死去，有的被一刀割喉，有的被亂刀戳爛了胸膛，有的被砍斷肢體，血盡而亡，無盡的痛苦呈現在每一個死者的臉上。

走到三樓，索倫公爵停下了腳步。

走廊上倒著五、六具屍體，越靠近最後一扇門越多。侍衛都清楚，那是公爵幼女芙蕾娜的房間，每個人都能想像得到絕望而冰冷的結果。

門推不開，兩個侍衛合力，終於弄翻了頂門的桌子，破爛的門板轟然倒下，砸在門內層疊的屍體上。

「呀！」喜悅的童稚驚呼猶如奇蹟，芙蕾娜被奧薇放下，撲進父親懷裡，放聲大哭。

侍衛們目瞪口呆，望著一片狼籍的房間。

敵人的屍體幾乎塞住了門，緋紅眼睛的侍女在數步外靜靜佇立，小巧的臉龐毫無驚懼，棉布睡裙下襬濺滿了褐紅的血漬。

緊緊摟住倖存的愛女，索倫公爵很快從激動中平復，發出冰冷的質問：「妳是誰？」

奧薇並不意外索倫公爵還活著，從心底替芙蕾娜感到慶幸，「芙蕾娜小姐的女僕。」

這回答在索倫公爵聽來，形同諷刺，他臉頰緊繃，目中透出殺機。

奧薇略一屈膝，「既然小姐平安地見到爵爺，請容我離開這座府邸。」

芙蕾娜被猝變的場面嚇住了，死死拉住父親的手，「不要！奧薇一直在保護我，她很好！」

奧薇嘆了口氣，一夜間體力消耗極劇，她已不想再鬥一場，「抱歉，我無意與您衝突。」

索倫公爵看了看懷中的女兒，又看了看緋紅眼睛的少女，「妳到底屬於哪一方？是誰的人？」

「您無須過多懷疑，我僅是一個侍女，無意捲入任何爭端。若非您不准許，我早已離開伊頓。」

鷹隼般的眼眸犀利地逼視，索倫靜默片刻，忽然道：「帶芙蕾娜一起走。」

奧薇神色微變，「爵爺是什麼意思？」

「帶她找地方躲起來，我會在安全後去接她。」索倫公爵彷彿在下一道命令。

「請原諒！既然把小姐平安地交給爵爺，她就不再是我的責任。」奧薇錯愕之後立即拒絕。索倫公爵的敵人是執政府，她可不想連累家人被帝國通緝。

「我從未接受辭職，所以，妳仍然是索倫家的女僕。」即使處境極爲惡劣，索倫公爵依然強勢，「我現在的處境無法帶著芙蕾娜，她必須由妳照看。」

「很抱歉！您的命令對我無效。」清麗的臉龐再也沒有屬於侍女的謙卑，僅餘一份冷淡的漠然。

「那麼請託呢？」僵了一瞬，索倫公爵調整用詞，倨傲的姿態稍低，「我書房架上有一座雕像，往右扭三下可以打開暗格，裡面的珍寶都可以給妳，條件只有一個——讓芙蕾娜活下去！」見她仍要拒絕，索倫公爵截口：「其中有枚黑色的盒子，藏著休瓦史前遺跡中發現的晶石鏡片，能改變瞳孔的顏色。」

改變眸色的晶石鏡片？奧薇怔了一下，躊躇片刻，終於接過已經在疲憊中陷入昏睡的芙蕾娜。

「好好照料，別讓她有半點意外，」索倫公爵愛憐地看著小女兒，語聲變得極冷，「否則我會讓妳後悔活下來！」

借助早已備好的馬車和食物，奧薇一家人帶著芙蕾娜，逃出了伊頓。

第二天，執政府軍開始進攻仍在索倫公爵控制中的城市，索倫公爵在極短時間內封閉了伊頓，拒絕投降，憑藉實力進行了頑強的抵抗，戰況十分激烈。

月餘的圍攻後，執政府軍倚仗兵力優勢，拿下了伊頓，關鍵對手索倫公爵在淪陷的混亂中消失。

倖存的伊頓人在執政府軍的管制下，打掃滿目瘡痍的城市，洗清街道上的鮮血，重建引以為傲的家園，索倫家族成為逝去的歷史，最終將被這座城市遺忘。

沒人知道索倫公爵的下落，但所有人都清楚他對執政府的仇恨，特別通緝令發到了每一個關卡，懸賞的金額足以令平民一夜致富。

可，所有舉報均屬虛假，索倫公爵無影無蹤，而載著他直系血脈的馬車，正一路西去。

秦洛正與幕僚在盤點伊頓戰後管制細節、制訂律法措施，門外突然傳來吵鬧。

副手查看了一下，立即報告：「是蘇菲亞小姐，她強烈要求面見閣下。」

帝國上層對風向變動極爲敏感，執政官以雷霆之勢拔掉索倫公爵，又數次拒見維肯公爵的特使，幾次會議，鋒芒直指維肯公爵轄下的行省，下個目標不言而喻。

如此明顯的趨向令昔日人人樂見的蘇菲亞小姐屢受冷遇，成了各界菁英避之唯恐不及的人物。此次竟然強行闖入，顯然矜貴的蘇菲亞小姐已心急如焚，甚至顧不得身分儀態。

眞是麻煩的女人！

秦洛暗暗皺眉，命人將蘇菲亞引到偏廳的會客室。

直到長長的會議結束，焦灼難耐的蘇菲亞小姐終於見到秦洛。

她在數日之間憔悴了許多，儀態卻依然完美無瑕，挺直背脊，行了一個優雅而不失驕傲的屈膝禮，「司法大臣閣下，請原諒我以如此失禮的方式求見！」

不同於其他人的冷待，秦洛姿態親切而隨和，「我能理解，蘇菲亞小姐一定是遇到了什麼麻煩。」

「您說得對！」蘇菲亞很清楚秦洛的友善僅是喬裝，索性直言，「我代表我的家族而來。」

秦洛目光一閃，禮貌地微笑，「哪個家族？哦……是指維肯公爵？」

儘管生父是誰已是公開的祕密，但秦洛的刻意發問，還是令蘇菲亞惱紅了臉，深感羞辱，卻只能隱忍不發，「您說的完全正確，正因爲我的生父是維肯公爵，才能說服他在政變期間給予我曾經的未婚夫最大程度的支持。」

「當然，我們不會忘記令尊的慷慨。」秦洛毫無誠意地敷衍。

「既然您及執政官閣下還記得我父親曾經給過的微不足道的幫助，那麼是否能夠依照當時的協議，承諾保證我父親領地的安全？」

「協議當然有效，但公爵必須服從執政府的命令。」秦洛輕描淡寫，「蘇菲亞小姐應該明白，一塊分裂的領地，對帝國危害極重！」

「我們沒有不服從，假如是徵收賦稅，可以重新商議協定。」

秦洛知道這已是極大的讓步，相當於上交了財政權，可惜再如何優渥的條件，也無法打動心意如鐵的修納，「蘇菲亞小姐，我們能感受到維肯公爵的誠意，但不得不表示遺憾，執政府更希望能直接統御那裡的子民。」

蘇菲亞臉色發青，指尖深深地陷入了掌心，「爲什麼一定要用戰火毀滅？打下一塊破碎的領地有什麼好處？除了耗掉無辜的生命和大筆金錢，究竟有什麼意義？」

秦洛撫了撫鼻子，迴避了逼問：「很抱歉！這是執政府的決定。」

「請回答我！至少告訴我眞正的原因！」誰都明白執政府操控在威望卓著的執政官手中，蘇菲亞拒絕這一推諉的藉口，「就算念在我曾經爲執政官閣下盡過微薄的……如今看來或許是愚蠢的力量，看在我曾經是修納未婚妻的份上！」

見蘇菲亞的臉龐透出悲涼的譏諷，聲音因激憤而尖銳，再也無法維持高貴的儀態，秦洛生出了一絲憐憫，默然半晌，突然起身，「跟我來。」

陰森可怕的石牢散放著各式各樣的刑具，重重鏽斑上疊印著紫黑色的血漬，令人不寒而慄。冰冷的鐵處女、鑄滿長刺的釘椅、帶鐵鐐的審判席、烤腳的火箱、神罰尖凳、鐵勾長鋸……

看到石牢最深處的一個人，蘇菲亞頭髮幾乎豎起來，肌膚起了一層層寒慄。

那個垂死的人被捆在木架上，焦爛的肢體怵目驚心，肥碩的身體上有著無數猙獰的傷口，一群蒼蠅圍著他，嗡嗡地叮咬，散發出難以形容的惡臭。

這不成人形的可憐蟲竟然還沒死，在聽見腳步聲時反射性地蠕動，彷彿想躲掉再一次的施刑。

「認得他嗎？」秦洛翻了翻木桌上的受刑記錄，似乎沒看見蘇菲亞幾欲嘔吐的反應，

「維肯公爵的得力下屬，審判所最擅長用刑的班奈特法官，大量稀奇古怪的酷刑發明者，還有一項奇特的愛好——收藏身分高貴受刑者的身體器官。看完他過去的審訊記錄，我得承認他對凌虐犯人一事極具天分！」

蘇菲亞忍住反胃，強迫自己又看了一眼，終於依稀記起，這張面孔的主人時常帶著殷勤的笑容出入公爵府。

「你們想從他嘴裡得到什麼？」

「什麼也不需要，讓他感受一下曾經使用過的刑罰而已。」秦洛的臉龐在陰森的環境下顯得異常殘忍，「班奈特法官的三位助手好命地先去了地獄，他本人至少還得再活兩個月。」

「純粹以折磨為樂？你們簡直瘋了！」秦洛語意的殘酷令人不寒而慄，蘇菲亞既厭惡又恐懼。

「酷愛折磨的是班奈特，別把我跟這雜碎相提並論！」秦洛終於挑開話頭，「或許妳不知道，修納曾經有一個愛人……」

蘇菲亞不解其意，但很慶幸話題的轉移，「不可能！我認識他已有多年，從未聽說他有過戀情。」

「因為那女人已經死了。」秦洛叩了叩污漬斑斑的記錄，「她救了他，而後自己進了監獄，這是她的受刑記錄，由班奈特親自拷問，歷經六個月後才被處死。」

蘇菲亞顫抖起來，痙攣地抓住裙襬，「這是修納的安排？」

「是我的安排，修納沒見過這份記錄。」秦洛冷道，「他看了會發瘋的！」

「我不明白，這與……」

「進行拷問的是班奈特，但授意者是妳父親，我想現在妳應該懂眞正的原因了，修納要維肯公爵死！」

無情的話語斬斷了最後一絲希冀，令蘇菲亞徹底絕望。

秦洛毫無憐憫地說了下去：「政變前迫於形勢，我隱瞞了妳父親的所做所爲，勸他向妳求婚。如今修納洞悉了一切，自然也到了清算的時候。」

「不可能！我父親不可能對付一個女人，這毫無價値，絕不可能……」蘇菲亞虛弱地反駁，心神搖搖欲墜。

「價値？當然有。假如班奈特拷問成功，薔薇林氏全族都會被送上絞刑架，妳父親就能順利地剔除林公爵這一政敵。因此，他曾對此寄予厚望。」秦洛陰寒地譏諷。

蘇菲亞精心養護的指甲折斷在掌心，「……她是誰？」

「她是林毅臣唯一的女兒，」秦洛沉默了一刻，有一線黯淡的哀傷，「一位眞正的公爵小姐。」

25 潰兵

替熟睡的芙蕾娜蓋上毯子，奧薇輕手輕腳地鑽出帳篷。

一道從伊頓逃難出來的人散落在方圓幾十米內，男人們低議著明天的路程，女人們在篝火旁縫補。沿途的劫匪和亂兵令人憂慮，不知未來將會如何，連孩子都感染了大人的情緒，變得乖巧安分起來，蜷在父母身邊沉睡。

深藍的天幕上嵌著無數星芒，點點篝火映著夜宿的人，宛如一幅安靜的油畫。

一個女人抱來一捲軟毯，奧薇收了下來，遞過半袋麵粉，女人回給她一個感激的笑，接了過去，飛快地鑽回自己的帳篷。

原始的以物易物在逃難中成了常態，預先準備的莎拉一家物資還算豐富，數日間以食物換了不少東西。

收起軟毯，又整理了一下東西，夜色漸漸深沉。

奧薇下意識地撫了撫眼睛，見所有人都已休憩，她回到帳中，對著鏡子低下頭，指尖一掠，上頭已多了一片薄薄的弧形晶片。

鏡中呈現出奇異的景象，清亮的眼眸一隻緋紅，一隻卻是深褐。她看了片刻，取下了另一枚鏡片，小心地收起來，重又現出一雙紅眸。

來自索倫伯爵的鏡片異常珍奇，輕易便可轉換眸色，替她解決了過於受人注目的麻煩，艾利和莎拉爲之驚奇了許久。唯一的缺憾是，十餘小時後便必須摘下，否則會磨得眼睛發疼。

莎拉從火邊回到帳篷，將補好的衣服放入行囊，臉上難掩疲倦之色。

「媽媽，您先睡吧！我去叫艾利回來。」

莎拉望著女兒的眼睛，有些遲疑。

奧薇莞爾一笑，抓起斗蓬，「其他人都睡了，守夜的人我會避開，沒關係的。」

奧薇緩步向樹林深處走去，長長的草葉輕晃，蘆葦中隱約有青蛙在低鳴。走了半晌，耳畔聽見水聲，順著小溪，她找到了艾利。

潺潺的溪水在月光下像一條蜿蜒的銀鍊，旁邊佇立著一人一馬。見到妹妹，艾利牽著馬走過來，馬身上的水已經乾了，刷完的皮毛十分順滑，奧薇隨手撫了一下，棕色的健馬側過頭，親暱地舔了舔她的手心。

「奧薇。」艾利喚了一聲。

緋色的眼睛在月下成了深紅，靜靜地抬起長睫。

「我很高興，」艾利嘆了一聲，滿心憐愛，「以後妳再不會因爲眼睛而受到歧視了！」

奧薇笑了，「謝謝你，艾利，你和媽媽一直都這麼好！」

「知道嗎？妳小時候經常爲此而哭，怕我因爲妳而和別的孩子打架，總躲在家裡不肯出門。」想起久遠的往事，艾利有些傷感，「那時我常想，如果神靈能給妳換一雙眼睛，那該多好。」

奧薇溫柔地看著他。

「我還曾經想過，假如我不是妳的哥哥，該有多好？那樣我就可以娶妳，一直照顧妳。妳是那麼善良體貼，爲什麼別人都看不見？」艾利笨拙而柔軟地安慰，「別去聽那些蠢話，我們的奧薇配得上最好的人！」

「有你和媽媽在身邊，我現在很幸福。」

艾利揉了揉妹妹的頭，「妳的性情和以前不太一樣了，不像過去那麼愛哭，變得堅強又獨立，還會反過來安慰我和媽媽。」

奧薇突然垂下眼，半晌才開口：「對不起……」

「不用道歉，忘記過去的事又不是妳的錯。」艾利牽著馬，和妹妹並肩走回宿地，「其實這樣很好，媽媽放心多了，只需要再找個好小夥子做丈夫，妳一定會幸福的！」

「艾利自己也還沒有妻子呢！」

艾利不理她的話，認真地建議：「沒發現近幾天車隊裡的男人都在對妳獻殷勤嗎？或許妳該好好留意一下，挑個合適的小夥子去散散步。」隱去紅眸，奧薇的美貌散發出驚人的誘惑力。

「艾利，你說話越來越像老頭了！」見他一本正經，奧薇忍俊不禁。

艾利不打算放棄勸說的良機，一路喋喋不休：「說真的，妳不覺得有幾個小夥子很不錯嗎？比如今天幫妳打水的，還有下午找妳借皮繩的，再有釘帳篷的時候……」

突地，奧薇停下腳步，傾聽著前方的動靜。

凝重的神情令艾利不由自主地噤聲，側耳細聽，風中隱約傳來痛苦的呻吟，他心頭一驚，還來不及反應，奧薇先動了。

她的腳步很輕，又極爲迅速，輕盈得像林間穿行的風。艾利追不上，卻又不敢呼喊，急得冒汗，及至看到宿地的火光。

奧薇在林邊停頓了一刻，隨即衝到半塌的帳篷邊，抱住了昏迷的莎拉。

宿地一片狼籍，散落著衣服和各類物品，行囊全被粗暴地翻出來挑散，地上躺了五、六具屍體，還有幾個垂死者在抽搐呻吟，年邁的女人瑟瑟發抖，驚悸過度地抽泣著。

「媽媽！」艾利衝上前，驚駭地發現母親腿上鮮血淋淋，橫著一道長長的刀口。

奧薇用布條勒住莎拉的傷腿止血，將她移交給艾利後，衝進帳篷翻找傷藥。

直到乾淨細緻的上藥敷紮完畢，莎拉才發出微弱的呻吟，從昏迷中幽幽醒來。

「媽媽，您還好嗎？」

「艾利，奧薇……」見到一雙兒女安然無恙，莎拉潸然淚下。

「媽媽，別哭，告訴我是怎麼回事。芙蕾娜呢？襲擊宿地的人是誰？」

奧薇極其鎮定，連帶讓莎拉也安定了一點。

「我想是一隊潰逃的士兵……」憶起可怖的場面，莎拉止不住發抖，「可能有十幾個，也許是二十幾個……太可怕了！他們殺人、搶錢、帶走所有年輕的女人……芙蕾娜，天哪！他們把芙蕾娜也帶走了，我追上去說她還是個孩子，求他們放過她，可他們差點殺了我……奧薇，幸虧妳不在，我的孩子……」

莎拉痛哭起來，慶幸地撫摸奧薇的臉。

那張嬌美的臉比石像更冰冷，眼瞳燃燒著烈焰，拉開了母親的手，「艾利，你照顧媽媽和其他傷者！」

「奧薇，妳去哪？」艾利抱著母親，來不及抓住她，看她拉過一旁的棕馬套上鞍韉，縱身上馬。

「我去找芙蕾娜，別擔心，天亮之前我會回來。」

艾利目瞪口呆，與莎拉同時驚叫——

「奧薇！」

「妳瘋了！快下來！」

馬兒已經奔跑起來，奧薇沒有回答，一提韁繩，躍過了一簇篝火，側身從地上撈起一把短劍，迅疾地衝出了他們的視線。

艾利急得快要瘋了，奧薇隻身一人去尋找被亂兵帶走的芙蕾娜，無異於羊入虎口！

他無法想像妹妹會有什麼樣的遭遇，就算索倫公爵有令，一介弱女子也不可能從亂兵手中救人，可奧薇去了，他竟沒能攔阻，這可怕的現實幾乎令他崩潰！

艾利找了個略為安全的地方安頓好同樣慌急的母親後，騎馬沿著奧薇的去向搜尋。他知道自己無能為力，亂兵殺人不眨眼，假如奧薇真的落在他們手上，除了搭上性命之外，於事無補。可明知如此，他仍無法放棄。

那是他唯一的妹妹！

溫柔善良，被親人視如珍寶的妹妹！

一路沿著痕跡追到小鎮，艾利走進唯一亮著燈火的旅店打聽。幾個鎮民聚集在店內，低聲詛咒天殺的亂兵，為無辜死去的酒館主人嘆息。

其中關於亂兵暴行的描述，聽得艾利心驚肉跳、臉色慘白，他不敢想像奧薇的處境，更無法忍受她受到傷害，昏頭昏腦地衝出去，卻撞上停在旅店前的馬車。

駿馬一聲長嘶，人立起來，躁動了好一會兒，才被趕車人揮鞭強壓下去。

劈頭的斥罵聲十分耳熟，艾利抬頭一看，目瞪口呆，「拉斐爾!?」

廊下的燈光映出車駕上的人，趕車人穿著一身平民避之唯恐不及的軍裝，帶著被衝撞的怒氣，正是他在卡蘭城晶石廠裡的朋友拉斐爾。

突然被叫出名字，拉斐爾呆了一呆，低頭看過去，表情有一瞬間的空白，「艾利？」

「是我！拉斐爾，」艾利激動萬分，無暇去想拉斐爾怎麼會出現在此處，又是何時當了軍人，只感覺到神賜般的希望，「請幫幫我！幫幫奧薇！你喜歡她，對嗎？求你救救她！」

拉斐爾懷疑自己落入了陷阱，手按在衣內的槍上，態度冰冷而戒備，「我不明白你在說什麼，你怎麼會在這裡？」

「拉斐爾，」艾利緊緊抓住韁繩，語無倫次地乞求，「我知道你是好人，我們全家都很感激你幫我從卡蘭監獄裡逃出來，還借給我金幣。我已經攢了不少，很快就能還給你，求你再幫我一次！奧薇……救救奧薇……她很喜歡你，現在只有你能救她……」

拉斐爾的臉色越來越難看，抬腳準備踹開糾纏不休的麻煩，可惜車內的人已經被驚動。車簾一掀，現出一張年輕俊秀的面孔，神色冰冷。

艾利被看了一眼，彷彿被凜冽的寒風侵襲，不由自主地鬆開了扣住車轅的手。

年輕人對面還有一個人，生著一頭漂亮的金髮，英俊出眾、矜貴優雅，看起來略為成熟，似乎稍稍隨和，開口詢問：「拉斐爾，這是誰？」

拉斐爾像被人強迫著生吞了一枚雞蛋，僵硬而不自然，「只是一個認識的人。」

艾利發現車內的兩人似乎身分更高，立刻求道：「我是拉斐爾在卡蘭晶石廠裡的朋友，求大人救救我妹妹！」

金髮青年制止了拉斐爾辯解的話語，悠然詢問：「拉斐爾曾經幫助過你？」

「對，他是個好人，我被人誣陷入獄，是他幫我們全家從卡蘭城逃出來，否則我已經被砍掉雙手了！」艾利充滿感激地傾訴，卻沒發現拉斐爾嘴角抽搐，額頭隱隱有青筋在跳動。

金髮青年意味深長地瞥了拉斐爾一眼，又問：「他還給過你金幣？」

「對，幸虧拉斐爾先生的慷慨，不然我們根本沒有逃到伊頓的旅費，是他無私地給了我們幫助。我一直在努力工作，以便重逢時能夠償還他。」

「以撒閣下，」拉斐爾忍無可忍地道，「我根本沒有……」

「拉斐爾。」以撒聲音很平，卻帶著不容辯駁的威嚴。

拉斐爾立即閉上了嘴，臉色鐵青。

「那麼……艾利？」以撒淺淺地笑，神態隱著一絲輕蔑，「拉斐爾還幫過你什麼？他和令妹之間……」

「他喜歡奧薇！她很漂亮、又聰明，再也沒有比她更可愛的女孩了，拉斐爾最清楚。」

艾利按捺不住焦急，急匆匆地求助，「可她現在落到了亂兵手裡，我……」

「漂亮、聰明、可愛……」沒有理會艾利的反覆訴求，車內始終沉默著的另一位冰冷地戲謔，「聽起來眞是個令人心動的女孩！是嗎？以撒閣下。」

「這不是眞的！我完全不懂他在說什麼！我發誓我沒做過任何事，只偶然見過他妹妹一面。這個人已經瘋了，一直在胡言亂語！」拉斐爾迸出的每一個字又重又快，牙齒咬得喀喀作響，彷彿想把艾利嚼碎了吞下去。

「只見過奧薇一面？怎麼可能！」艾利終於覺察到拉斐爾奇怪的反應，卻不懂問題出在哪，「奧薇去尋求你的幫助，你把金幣給了她，又透過關係安排好一切，所以我們才能逃出來。」

「想必拉斐爾先生在卡蘭城過得很愉快。」冷漠的年輕人譏嘲道。

見以撒神色微沉，拉斐爾怒極卻又無法發作，只能失控地惡毒攻擊：「你妹妹？誰會喜歡不祥的紅眼睛，更別提幫助你這樣的蠢貨，居然說我給了她金……」提到金幣，拉斐爾忽然想起什麼，表情變得極爲怪異，「金幣……金幣是她偷的？進入我房間的人是她？」

年輕人眉梢一揚，「偷？眞是一個合理的解釋！」

「你說什麼？奧薇怎麼可能偷東西!?她說是你親手給的，還說不用償還，不過我會還的，只要我能活著回來，一定會還給你！」艾利本能地替妹妹辯白，對拉斐爾不友善的言語極其失望。

「以撒閣下，請聽我解釋！是她……她……」拉斐爾鐵青著臉，卻無法說出猜測，那是連他都難以置信的推理，只能反覆申辯：「閣下，我以我的名譽和性命保證，此前呈報的一切都是事實，絕對沒有任何私情！」

年輕人冷笑了一聲。

這一顯而易見的嘲諷令以撒不再微笑，眼神變得沉冷，「儘管不及林公爵嚴謹，但我也不至於重用一個公然說謊的下屬，相信一定有什麼原因。」

「以撒閣下確是個仁慈的人。」年輕人不予置評，話語中諷刺的意味更濃。

艾利徹底被冷落，這些漠不關心的對話終於讓他明白，指望對方慷慨救助，純屬不切實際的幻想。絕望再度降臨，他放棄了求援，獨自尋找酒館的方向。

以撒望著艾利孤零零的背影，目光一閃，「打個賭如何？去找那個關鍵的女孩，弄清誰在說謊。」

從一群亂兵手中解救一個毫無價值的女人？拉斐爾完全傻住了，「以撒閣下……」

意外的提議令年輕人一時沉默。

「請讓我來，您可以在馬車上等待。」以撒的語氣有一絲明顯的揶揄，姿態寬容而大度，「畢竟閣下是我們重要的合作者，我不希望您有半點意外。」

「謝謝，但這裡是西爾，還輪不到里茲的貴族冒險。」明知相激，年輕人仍然漾起了銳氣，清俊的眉宇鋒芒畢露，先一步走下了馬車。

「閣下！」拉斐爾完全沒想到事情會演化成這樣，「這太冒險了，一群亂兵等於失去理智的野獸！」

「為了你的名譽和性命，我認為有詳加探究的必要。」以撒瞥了下屬一眼，輕描淡寫，「何況，這正好可以看看林氏的手段，假如連一小隊潰兵都應付不了，這位新繼任的公爵也沒什麼合作的價值了。」

「我發誓所說的句句真實。」拉斐爾猶豫了一下，忍不住提醒，「剛才讓艾利聽得太多了，雖然據我所知，他僅是普通平民，可萬一洩露了閣下的身分……」

以撒和善地微微一笑，「有什麼關係，弄清楚之後，殺掉就行了。」

酒館緊閉著門，廊下挑著一盞孤零零的馬燈，暈著一圈昏黃。

這是一個恐懼的麵包店主指出的目標，艾利捶著厚厚的門板，沒有得到半點回應。

以撒生出了疑惑。附近的居民不敢靠近，不足為奇，但作為一個亂兵聚集的酒館，這裡顯然過分安靜了。

艾利卻顧不了這些，他一心牽掛著奧薇，以超乎尋常的力氣撞開了門，卻因衝力過大而跌了一跤。

敞開的門內是一片死寂的黑暗，以撒停住了，年輕人卻毫不畏懼地走了進去。

黑暗有如無形無質的膠黏在身上，沉悶的屋內散出濃重的血腥，靜窒的空間像一個封閉的地獄，讓人完全透不過氣。

年輕人剛踏入，一道陰冷的風便猝襲而至，被他機警地閃過。但無論怎麼躲避，寒意始終如影隨形，他能感覺到刀鋒從眼前掠過，危險的襲殺步步緊追，如一個執意奪命的幽靈。

以撒覺出不對，低聲吩咐了拉斐爾一句，拔槍跟了進去。

沉重的殺意壓迫著感官，純黑的空間詭異而凶險，刺鼻的腥氣熏人欲嘔。視覺完全失去了作用，幾次交鋒後，年輕人有一種荒謬的錯覺，黑暗中的幽靈竟給他一種奇異的熟悉感，彷彿能猜出下一步攻擊的招式。

刀刃相擊，撞出了一線星火，殷紅的雙瞳彷彿割裂肌膚流下的鮮血，在黑暗中一現即隱。

魔鬼般的幽靈顯然更熟悉地形，他越來越居於劣勢，冷汗一絲絲冒出來，宛如死神，嘲弄地舔噬他的肌膚。

「奧薇！」地上遍佈障礙物，艾利對一切無知無覺，唯有無邊的恐懼和憂急，他沾了一手血，狼狽不堪地摸索，呼喚聲幾乎帶上了啜泣，「奧薇，妳在哪!?」

年輕人感覺到對手剎那間頓了一下，那一瞬極短，他閃電般一刀掠出去，目標卻突然後退，刀鋒落了空，正要追擊，他被突如其來的光刺花了眼。

光驅散了濃得化不開的黑暗，被禁制的視覺終於復明。拉斐爾一手執著馬燈，一手握槍護衛在以撒身前，驚悚地望著屋內。

一屋刺目的腥紅，血淋淋的屍體散落一地，淨是衣衫半褪的士兵和赤裸的女人。有些女人看得出是被男人凌虐而死，士兵則無一例外地死於外傷，扭曲的臉龐帶著難以置信的恐怖，橫流的鮮血，足以把酒館裡外沖刷一遍。

交鋒的兩人分立兩側，俊秀的年輕人衣襟上有幾道裂痕，胸膛正急劇地起伏。

「奧薇！」終於能看清事物，艾利失聲大叫，張開雙臂，抱住了另一側的女孩。

那是一個立在屍體堆中的女孩，她的衣裙沾滿了血，脆弱纖細的手指握著一把短刀，尖銳的刀鋒微微下垂，一滴未凝固的血從刃上滑落，墜入了地面的血泊。

她美麗的臉龐冰冷無情，鮮紅的眼眸殺意猶存，猶如來自地獄的魔女，令見者不寒而慄。

艾利卻只剩狂喜，他彷彿沒看見周圍的死屍，只顧緊緊地把她擁在懷裡，停不下安慰的話語：「奧薇！奧薇！我可憐的奧薇！妳還好嗎？那群混帳有沒有傷害妳？妳一定嚇壞了……別怕，我來了……」

女孩沒有反應，更沒有回應兄長神經質的絮叨，那雙紅眸仍盯著前一刻還在交手的人，又掠過一旁的以撒和拉斐爾。

艾利隨著她的眼神望過去，誤以爲妹妹還在恐懼，「那是拉斐爾，記得嗎？他們是來救妳的。沒有危險了，我會保護妳，妳現在安全了！」

奧薇依然沉默，視線又回到對面的年輕人身上。

她認得這張臉，他們出自同一個家族、受過同樣的訓練、被賦予同等的期許和命運。

此刻，他褪去青澀，從被抹去的時光中毫無預兆地出現，取代那個叫林伊蘭的人，成爲薔薇世家新一任繼承者——

林晰。

安然無恙地尋回了妹妹，母親也無大礙，艾利全然放鬆心情，迅速遺忘了拉斐爾之前輕鄙的言辭，重新對一切充滿了感激。

他一邊趕車，一邊耐心地回應問話：「奧薇是我妹妹，當然是親生的妹妹，她是家裡的寶貝，我和她一起長大，沒人比我更瞭解她。」

拉斐爾有些問題很奇怪，但基於對方曾經的幫助，艾利依然坦誠回答：「我們祖輩都在邊境，長期戰爭讓日子很辛苦，或許是血脈的緣故，有時會生出紅色眼睛的孩子，比如奧薇。這很正常，族內歷代傳說都有，這種遺傳大概來自某一代先祖。」

「你們一直在一起生活？她以前是什麼樣子的？」聽出艾利刻意淡化紅眸，拉斐爾心底冷笑。

「我父親過世得很早，母親一直以織布維生，把我和奧薇帶大。奧薇出生後幾乎都是由我照料，她以前很膽小，其他孩子又愛欺負她，完全不敢單獨出門，所以送她去治療所的時候，我和媽媽都擔心極了。」

「什麼治療所？」拉斐爾很懷疑究竟什麼地方出了問題，讓一個普通貧女徹底蛻變。

「你沒聽說過？軍方在邊境幹過唯一的好事就是建立了治療所，免費收診無錢治病的孩子，超過十五歲的一律不要。奧薇當時才十三歲，發了一場高燒，家裡太窮了，只好把她送到治療所去試試。」

「治療所治好了她？」

「治好了，但她人卻失蹤了。」艾利揮了下馬鞭，驅開馬身上的蚊蠅，「村裡很多孩子被送過去，有些治好了，有些治不了被扔回來。我們等了很久都沒有奧薇的消息，費盡心思，花費了所有錢，終於買通一個守衛，得到的消息是奧薇被送到別處了。我們不知道她被送到哪，也不明白原因，只能一個城市一個城市地找。幸虧她的眸色很特殊，花了幾年時間，我們終於在一個小城找到她了。當時，她的病已經完全痊癒，卻什麼也不記得了。」

「什麼也不記得？」顯然這件事很蹊蹺。

「她不記得我和媽媽，不記得過去的一切，我們對她來說就像是陌生人。我不清楚她爲什麼忘記，也不懂期間發生過什麼事，她長得很慢，竟然和送走時差不多……不，我不是說心理，我是說……」一時不知該如何說明，艾利糾結片刻後又放棄了，「總之，幸運的是，我們又得回了她，一家人在一起，這比什麼都重要。」

拉斐爾很難想像艾利會遲鈍到這種程度，「她就沒什麼變化？」

「變化？當然有，畢竟她獨自漂泊了好幾年，這有什麼奇怪？她還是奧薇，和以前一樣溫柔善良，只是更成熟懂事了。」

「後來她有沒有和人打過架？」

「怎麼可能，奧薇膽子很小，最怕衝突和爭鬥，許多人對她的眼睛持有偏見，每次碰到有敵意的傢伙，她總是忍耐退讓。」艾利無比慶幸，又忍不住憂心嘆息，「幸虧神靈庇佑，她去的時候，酒館那些人已經死了，不曾受到傷害。只是那場面太可怕了，我擔心她會受到刺激！你不知道，剛找回奧薇時，她常作惡夢，近期才稍好一點，萬一留下陰影就糟了！」

聽艾利述說著妹妹的膽小，想起酒館內死狀淒慘的屍體，拉斐爾忍不住翻白眼，「你們準備去哪？」

「這個還沒決定，奧薇說我的通緝告示還沒撤銷，必須避開哨卡，不少道路無法通行。」艾利消沉了一下，但天性的樂觀讓他很快又振作起來，「或許找個小鎮？反正不管哪都比監牢好。拉斐爾，真的很感謝你！」

柔弱善良的奧薇妹妹？以撒無聲地笑，在篝火旁支頷觀察。

見到昨夜的一幕，他完全相信那個潛入拉斐爾居所、故意留下搜查痕跡的人就是她。

她確實漂亮，艾利並沒有誇張。撇開眸色不提，她白皙的肌膚像是會發光，彷彿嬌弱易碎的細瓷，溫順而惹人憐愛。如此纖細的女孩，卻出人意料的危險，逼得林晰狼狽不堪。

他重要的合作者差點被殺，該怎麼處置，才對得起她帶來的驚嚇？她的家人平凡一如隨處可見的砂礫，眼下三對一又有槍，徹底解決並不困難。

那麼，該殺掉她嗎？以撒若有所思。這樣特別的女孩，或許該好好利用。

林晰同樣在冷眼觀察，神情沒有任何起伏。

「閣下怎麼看？」以撒饒有興趣地問道。

林晰冷淡地收回視線，「雖然似乎與執政府無關，但她來路不清，有潛在的危險，最好是解決掉。」

以撒也有同感。

這女孩太過神祕，她輕而易舉地驚走拉斐爾，救出兄長，連最親近的家人都一無所知。

甚至她明明認出了拉斐爾，卻依然不動聲色，這份冷靜內斂，絕非常人所有！

不過她的弱點也很明顯……

看著不遠處融洽無間的一家，以撒漾起了含意不明的笑。

26 侍女

「奧薇，把湯端給幾位紳士。」莎拉揭開湯鍋，將湯舀到幾個稍好的陶碗中。

奧薇停下故事，芙蕾娜抬頭看著她，被她抱起來，送進了帳篷裡。

這孩子很幸運，被亂兵挾進酒館前嚇得昏迷過去，又因年紀太小被扔在一角，躲過了污穢的一切，但到底受了驚嚇，醒來後笑容更少了，片刻不離地黏著她。

「奧薇，妳不開心？」天眞的孩子有最敏銳的直覺。

奧薇溫柔地安撫芙蕾娜的不安，「沒有。」

「是因爲我？艾利說妳去找我的時候……」

「只是有點累，休息一下就好。妳在帳篷裡等一下，我給妳拿食物進來。」

奧薇替芙蕾娜端了一碗湯，又切了麵包，看她乖乖進餐才走出帳篷。

湯很香，裡面煮著莎拉平時捨不得多用的香草和肉塊，奧薇替她覺得可惜，「媽媽，他們恐怕不喜歡這樣粗劣的飲食。」

莎拉侷促地擦了擦手，「端去試試吧！這是一點心意，沒有別的好東西了，幾位紳士應該不會介意。」

長長的睫毛遮去了冷意，奧薇依言端起托盤。

他們當然不會介意，那幾位「紳士」只想探清底細後，乾淨俐落地殺掉他們一家人。

她不希望莎拉跟艾利出事，帳內還有年幼的芙蕾娜，她無法同時保護三個人，所以必須找機會跟林晰談談，雖然她很懷疑他是否願意相信。

其實就算林晰相信，也很難保證安全，一個復活的嫡系繼承人，只會引起更多猜忌。

奧薇心頭籠罩著一層陰霾，生出了幾許懊悔。

黑暗和血腥的環境讓她失去控制，殺死了所有士兵，更糟的是沒有及時帶著芙蕾娜離開，被林晰撞上而起了疑心。

那孩子從來就不喜歡她！

「請容我私下和您談談，我是林氏暗隊的人。」奧薇輕柔的聲音很低，連鄰近的拉斐爾都沒有聽清。

林晰神色微變，隨即恢復了淡漠，起身走向幾十米外的樹林。

唯有薔薇家族中的極少數人知道，林氏有一支極機密的暗隊。它建立於一六七三年，從誕生之初就注定成爲無法見光的存在。

暗隊的第一個目標是路德維希大公，他們用生物鹼成功毒殺了他，外界普遍認爲大公是心臟病發作而逝世。隨後，林氏取代路德家族，成爲當時的皇帝陛下最寵幸的軍派。

這把隱形的刺刀唯有公爵一人能支配，暗隊的每一個人都經過嚴厲考核，並徹底抹消過去，奧薇正打算借用這一點。

「我見過您的畫像，不久前剛認出來，請原諒先前的冒犯。」爲免林晰疑忌，奧薇停在幾步外。

林晰犀利地打量著她，「說出妳的身分。」

奧薇答得很流暢，「我叫海瑟，訓練負責人是傑明中校，指揮官是巴林上校。」

林晰知道傑明和巴林，他們是林毅臣的親信。他不置可否，接著問下去：「妳何時進入暗隊？執行過什麼任務？爲何脫離？」

奧薇不答反問：「恕我冒昧，您是否聽過神之光計畫？」

林晰眼神微沉，但沒有發作，「妳與這項計畫有關？」

他並非一無所知！這一點十分有利，奧薇定下了心，「我於十年前加入暗隊，一直在執行祕密任務，從不曾公開露面，直到八年前，在一次任務中受了重傷，借助神之光技術，重生爲一位少女，也就是現在您看到的這個人。」

林晰截然變色，目光驚疑不定，幾乎難以置信。

奧薇娓娓而談：「神之光並不完善，後期一再失敗，我是極偶然的成功者。出於政治考慮，將軍不希望神之光的成功被陛下知曉，於是封閉消息，讓我離開暗隊，化爲平民潛伏，隨時等候命令。」

海瑟曾是她的搏擊教官之一，後來於一場意外中重傷不治身亡，這是林晰能夠查到的。至於海瑟的同僚，應該與父親一道陣亡於休瓦了，奧薇並不擔心他能找出什麼人證。

驚世駭俗的內容令林晰沉默了一刻，「有什麼能證明妳的話？」

奧薇對暗隊瞭若指掌，輕易說出一件件林氏家族不爲人知的祕辛。

林晰一直在聽，疑慮漸漸消失，聯想到相近的搏擊招式，「妳眞是海瑟？」

「請叫我奧薇，我已經習慣了這個名字。」

「另外三個是什麼人？」

「是奧薇的親人，他們對我的眞實身分一無所知，爲了掩人耳目才一起生活。」奧薇淡道。

她背過身，解開身後的繫帶，呈露出背胛上的印痕，「這是神之光的印記和編號，證明這具軀體屬於休瓦研究所。」

林晰仔細審視，確定與記憶中的神之光檔案一致。

他問出了最後一個問題：「妳現在忠於誰？」

整好衣裙轉過身，奧薇冷靜地回答：「忠誠於林氏。」

林晰冷淡一晒，「很好，我接受妳的效忠。爲了證明妳所說的一切屬實，我命令妳殺掉那三個人。」

緋紅的眼眸沒有顯露任何情緒，「我願意遵從您的意願，但我認爲讓他們活著對您更有利。」

「爲什麼？」

「您一定看出那個小女孩很特別，她是伊頓城索倫公爵的愛女芙蕾娜小姐，城破時被我帶出來了。索倫公爵未來或許會與您結盟，這孩子將是最好的禮物。至於那對微不足道的母子，如果您對我還有懷疑，不妨將他們扣爲人質。」

又一個令人驚異的訊息，林晰問清前因後果，陷入了思考。

停了一陣，奧薇忽然開口：「恕我冒昧，您爲什麼會跟里茲人在一起？」

稍緩的氣氛立刻變了，林晰的神色冰冷下來。

奧薇平靜以對，「您不必懷疑，昔日在卡蘭城，我已猜出拉斐爾是里茲的暗諜。」

拉斐爾語氣很剛，帶著一種壓抑後的倨傲，通常這種氣質出自有一定地位、習慣發號施令者。這樣的人就算落魄，也絕不會紆尊降貴，與做粗工的艾利交往，唯一能吸引他的，只可能是神之火衍生的新能源項目，從拉斐爾的房間內找出的痕跡，更是證明了這個推測。

有妨害。」

林晰冷冷道：「妳沒資格過問。」

「里茲畢竟是敵國，」奧薇婉轉地提醒，「或許別有所圖。與敵人接觸，對您的名聲會

林晰諷笑道：「執政府已經把林氏逼上了絕路，還用得著顧忌名聲？」

奧薇凝望著他，極輕地勸誡：「假如將軍還在，他一定不希望您這樣做。」

百年的林氏，百年的榮耀，最後卻與敵國勾結，蒙上了背叛的污名。

聞言，林晰一時沉默了。

休瓦之戰前，里茲曾派特使表明願意支持皇室重返帝都，代價是戰後出讓西爾部分利益。這一至關重要的協議被林毅臣斷然拒絕，他看透敵人居心叵測，寧可孤軍奮戰。

林氏與皇室同在，林氏與帝國同在，縱使上天決意滅亡，林氏也不會出賣祖國，以求生存——這是林毅臣給里茲特使的最終回答。

林晰從靜默中清醒過來，神色冷厲，「叔父確實不希望，但行省十餘萬林氏族人必須活下去，執政府不會對我們有半點憐憫，只要能守護家族，就算是魔鬼，我也願意與之結盟！」

奧薇默默地垂下長睫，不再勸說。

她不願見家族淪為叛逆，但又洞悉林晰的無奈。

林氏縱橫多年，鐵血無情，背負的民怨太深，一旦領地被攻破，屠殺必不可免。林晰身爲族長，背負著數以萬計族人的安危，他別無退路，只能盡一切方法死守。

沙珊行省——薔薇林氏最後的領地，或許也將成爲舊貴族最後的墳場。無論如何掙扎，終將在歷史車輪的輾壓下化爲灰燼。

回到宿地，莎拉和艾利與芙蕾娜在帳篷裡休息，以撒和拉斐爾在火邊閒談。

林晰對著兩人簡短地宣佈：「從今天起，奧薇是我的侍女，關於她的身分，我已經作了確認。」隨後他轉向奧薇，「見過以撒閣下、拉斐爾先生，對他們要如對我一樣尊重。」

奧薇行了個屈膝禮。

拉斐爾徹底呆住了，以撒同樣對突然的轉變疑惑不解，但沒有表露，若有所思地打量了一下，微微一笑，「閣下確定？」

林晰不容置疑地道：「我保證她是安全的。」

「那麼……」以撒的目光掠向不遠處的帳篷。

林晰明白以撒的暗示，「最小的那個孩子將隨我們一起上路，那對母子則交由附近的暗諜控制，明天我會解釋如此安排的意義。」

奧薇立在一邊，一言不發。

「既然閣下確信無虞，我自然沒有異議。」以撒淡道。

林晰清楚對方有所不滿，選擇視而不見，「夜深了，今天拉斐爾先生可以休息，由奧薇守夜。」

興味索然的氣氛導致一片沉悶，再也沒人說話。林晰在睡墊上翻了個身，合上眼。

他很清楚，以撒和他一樣看中了奧薇的能力，有心收爲已用，但林氏爲他提供了先機。她的經驗和武技堪稱完美，他身邊正缺這樣的菁英。假如運用得宜，她會成爲一把極好的利刃，唯一需要愼重的是她的忠誠。

這一點，他會好好檢驗！

風吹起了雪白的床單，在晴空下，如浪花翻捲。

寧靜安詳的小村深處坐落著一棟尖頂小屋，艾利在屋外修整籬笆，熟練地將腐朽的爛木刨掉，重新刷上油漆。莎拉從菜園裡走回，沉甸甸的籃子裡，盛著新鮮萵苣和馬鈴薯。

「媽媽，我來做飯，您的腿剛好，該多休息。」艾利接過籃子，扶著母親坐下，「等會兒，我馬上就好。」他乒乒乓乓地敲著最後幾枚釘子。

莎拉看著碧藍的天空，嘆了一口氣：「不知奧薇現在到了哪裡？」

艾利一邊忙碌，一邊安慰：「別擔心，媽媽，那幾位先生看起來是好人。」

「就算他們是好心的紳士，為什麼一定要奧薇做侍女？我們一家人好不容易才在一起。」莎拉傷感而無奈，「奧薇那麼年輕，又是個女孩子，我怎麼能不擔心？」

艾利撓了撓頭，「我看他們像是貴族，應該會信守承諾，善待奧薇。」

莎拉越想越不安，「他們還留下了一袋金幣，就算僱傭侍女，這筆錢也太多了吧！難道……天哪！為什麼我當時會答應？」

「媽媽，您忘了嗎？是奧薇讓您收下的。」艾利丟開錘子，走到母親身邊安撫，「她說沒事，讓我們在這裡住下，她和幾位先生一起把芙蕾娜帶去還給索倫公爵。就算有什麼麻煩，索倫公爵也會幫她的。」

聽了艾利的話語，莎拉略微安心了一點，但眉頭仍是緊皺，「不知奧薇什麼時候才能回來？」

艾利想了想，「她說過會定期寫信，萬一不對，我就立刻去接她。」

在野外的宿地用過簡餐，奧薇攜芙蕾娜去溪邊梳洗，林晰與以撒在林間閒談。

林晰的眉間有一絲淡淡的優越，「維肯公爵近期派遣了使者向沙珊示好。」

以撒目光一閃，「他很害怕。」

林晰道：「沒錯，他想與林氏聯合，對抗執政府。」

「顯然維肯公爵在修納身上的投資徹底失敗了。」以撒深感有趣，「我記得林氏和維肯曾是政敵。」

林晰輕描淡寫地道：「那是過去，現在我們有個共同的強敵。」

「朋友的確是越多越好。」以撒莞爾，看來林晰已決定與維肯合作，「那麼林氏打算出兵保護維肯公爵的領地？」

林晰一哂，「他確實提出了請求，可惜那一帶的地形不利於防守，假如執政軍進攻，我建議維肯公爵放棄它，退到沙珊行省。」

以撒了然洞悉，微微淺笑，並不點破。

與其分兵禦敵，不如守護一方，就算林晰對維肯公爵的合作條件感興趣，也只會選擇坐視不理，等敵人把窮途末路的維肯公爵趕過來，一切自然落入囊中。

看來林氏這位年輕的族長深諳守株待兔之道！

以撒道：「假如維肯公爵堅持憑實力對抗執政軍……」

林晰對維肯公爵的軍事能力不抱任何期望，不假思索地答：「他贏不了修納！」

以撒揚了揚眉，「聽說維肯公爵招募了大量僱傭兵，還重金聘請了蘇曼國的退役將官統領。」

聞言，林晰眉間多了一絲戾氣，「除非他的對手不是修納！」

以撒生出了興趣，「聽起來你很瞭解他？」

修納發跡的傳聞無數，幾乎被渲染成神一般的存在。

林晰沉默了一會兒，無表情地開口：「修納出身低下，但少年時已野心過人，甚至混進了皇家軍事學院。他心性堅韌、意志頑強，爲達目的不擇手段，是我見過最難以捉摸的人！」

以撒靜聽，神色透出思索。

「凡登之戰，他曾派出數個小隊送死，用鮮血麻痹敵人，最終才得以成功，事後卻隻字不提！科佐是他的舊友，正是科佐的推薦，他才得以成爲土倫一戰的指揮，最後卻暗中挑動，將這位恩人送上了斷頭台！維肯爲他的政變貢獻了大筆金錢，可一登上執政官之位，他就取消了與公爵私生女的婚約！」林晰神色陰霾，語調冰冷，「我十七歲認識他，直到數年前才明白，他的目標是不斷攀爬，直至登上最高位，其間死多少人、流多少血、手段何等卑鄙無恥，他根本不在乎！」

以撒有一絲讚賞，「修納確實冷酷，但也相當聰明，每一步都走得很穩。」

林晰冷笑道：「他是個天生的投機者、冷血的政治家，將盲目的民眾玩弄於股掌，卻博得了眾人一致的讚譽，真是可笑！」

林晰對修納極其仇視，這不足爲奇，畢竟上一任林公爵便是亡於修納之手。

以撒適時地轉了個話題：「關於新能源，有沒有更多消息？」

「執政府打下休瓦基地之後，軟禁了神之火專案所有研究員，連調任的都被控制起來，得手難度很大。」

執政府的嚴密防護讓里茲人無隙可乘，林晰表面上流露出遺憾，內心卻隱隱欣然。

「休瓦基地眞不可思議，」以撒彷彿不經意地閒談，「聽說那裡還有一些祕密，級別更在神之火之上！」

林晰不動聲色，「這恐怕是議會那些死老頭搞出來的把戲，誰知道會是什麼東西？反正你要的是神之火，其他的一概無關。」

以撒優雅地淡笑，不再言語。

林晰與以撒半途分道而行，奧薇受命與以撒一路，十餘日後，一行人抵達了拉法城。

拉法人用性命和鮮血捍衛了這座城市的獨立意志，成了西爾國的眞空地帶。之後商人們發現了絕佳的機會，大量資金流入這座冒險者樂園，自由之都被金錢的氣息薰染，充盈著各種慾望。

黃金礦藏、寶石香料、軍火武器……林林總總，無所不包，在這裡，每天都有數不清的各色交易，人類所能想到的、渴望的一切，均能在這裡找到。

這個獨立的都市，擁有奇異非凡的魅力！

芙蕾娜帶著來到異地的新鮮感，好奇地四處打量。以撒觀察著街市，留意著市井中的閒談，偶爾與拉斐爾低聲說幾句。

以撒成熟俊朗的外表過於出色，隨從拉斐爾衣著精緻，芙蕾娜年紀雖小，顧盼間卻有天生的矜貴，在這樣過於引人注目的旅伴之側，儘管有長斗蓬的遮掩，還是有人發現了奧薇的紅色眼眸。

低低的議論和閃爍的目光頻頻出現，奧薇把帽兜又拉低了一點。

「眞糟！看來有點麻煩。」以撒覺察到周圍的視線，蹙了一下眉。

類似的指指點點見得太多，奧薇早習以爲常，「很抱歉！」

以撒寬容地微笑，「我是在自言自語，無意指責妳。」

他當然是有意，否則豈會輕率地出口？奧薇心下了然，繼續保持沉默。

以撒似隨口而問：「妳對所遭受的無端非議有何感想？比如把紅眸與不祥、厄運、災禍之類聯繫起來，妳相信嗎？」

「或許。」

「或許？」以撒揚了揚眉，「妳不認為這些都是無稽之談？」

奧薇抬起眼看著他，不動聲色。

以撒的表情溫柔而親切，話語充滿理解與誘惑：「妳不覺得這些愚蠢的歧視很可笑？只為與生俱來的一點不同，就對妳恐懼輕蔑、疏離排斥，無視妳的能力、聰慧與美麗，妳就沒想過有一天改變這不公平的一切？」

奧薇笑了笑，不予置評。

以撒卻不放過她，「不介意？還是已經麻木？」

她淡淡地回答：「謝謝您的仁慈和同情，我已經習慣了。」

以撒沒有再說話，目光多了一絲研判的意味。

芙蕾娜聽見他們的對話，仰起頭，真誠地插嘴：「我喜歡奧薇的眼睛，再沒有比這更漂亮的紅色！」

奧薇撫了下芙蕾娜的小腦袋，唇角勾起了柔美的弧度。

顏色無非是內心世界的投映，紅色的不祥來自於人們對血與火的恐懼，在純淨的孩子看來，卻是鮮豔的寶石。

從承接這身體的那一刻開始，她便與這雙紅眸同在，注定將命運之神給予的好與壞一併承擔。對此，她早已坦然，沒有過多的怨懟不甘可供以撒利用。

在一家裝潢氣派的珠寶店裡，以撒拿起一枚戒指端詳，沒有理會店主滔滔不絕的推銷，側頭詢問一旁的奧薇：「妳覺得怎麼樣？」

黃金指環上鑲著紅寶石，襯著一圈晶亮的細鑽，十分華麗耀眼。

「不錯。」

沒有讚嘆，沒有豔羨，這不太符合以撒的期待，繼而拋出更明顯的暗示，「很襯妳的眼睛！」

奧薇怔了一下，突然笑了，垂睫掩住了波瀾。

或許男人都愛這類輕巧的戲言，隨口一讚就讓女人心花怒放。當年那枚樸實無華的綠晶石，何嘗不令她歡喜？

見她的神態有了變化，以撒心底漾起一縷微諷。

芙蕾娜擠上前看了看，大爲搖頭，「這個寶石太小，顏色也不夠純淨，俗氣的樣式，一看就是老女人戴的，一點也不適合奧薇！」

到底是公爵小姐，輕易就能辨出珠寶的優劣，以撒似笑非笑地看著芙蕾娜，放下了戒指。

窘迫的店主很想把這小女孩的嘴縫上，在一旁訕訕地解釋：「這枚戒指價值八十金幣，它是純金的，鑲嵌的雖然不是上等寶石，裝飾性卻一點不差，形狀和光澤根本與上等貨沒兩樣！」

漂亮的紅眸姑娘僅僅是個侍女，老成世故的店主輕易從斗蓬下的裙角質料分辨出她的身分。顯然這位英俊的貴族青年想來一段露水情緣，但大方到送首飾給身分低賤的侍女，未免太奢侈了！

迥異於店主的揣測，以撒另有一番心思。

靠脅迫令人服從很容易，收服一顆忠心卻需要相當的技巧，這方面他有自信勝過林晰。每個人都有弱點，女人的弱點通常更爲明顯，不外是對所謂愛情及珠寶的癡迷。

完成了初步試探，以撒微微一笑，「芙蕾娜說得對，它還不夠精緻，我們換一家店看看吧！」

27 拯救

帶著芙蕾娜是個失誤！以撒很快地發現了這一點。

興奮的她對每一件珠寶評頭論足，能讓她稍稍入眼的，又價值奇高！他確實打算用一點親切和適當的饋贈化解奧薇的防衛，但過分貴重的禮物，顯然不在他的預計範圍之內。

以撒當即中斷了參觀珠寶店，轉為前往奴隸市場。

拉法城有最古老的奴隸市場，直到奴隸法案廢除後的現今，仍然保留了部分習俗。

如今被拉到台上買賣的，已經不是貧民或俘虜，而是犯有罪行的囚徒。犯人按罪行輕重，定價不一，賣出的金額視為贖罪金，交納後當場就能離開。而無人出價的則被拖上刑台，依法庭判決行刑。

一行人站在奴隸市場擁擠的人群中，親眼見識這一奇特的拍賣。

有些罪行較輕的犯人被親人湊錢贖買，另一些重罪犯無親無故，所需的贖金又極高，幾次叫喊無人問津之後，被拉到刑台上砍掉手腳，或是乾脆絞死。

拉法城處理罪犯的方式十分明確，一切事物都是商品，一切罪行均可以贖買，生與死的微妙差別，僅在於是否有足夠的金幣，唯一的要求是當場付清。

奧薇以斗蓬遮住了身旁的芙蕾娜，避免讓她看到過於殘忍的處刑場面。以撒終於耳根清靜，與拉斐爾討論起拉法城的量刑尺度。

「拉斐爾，看看那個犯了搶劫罪的囚徒，處以剁手之刑，贖買金是一百二十金幣。這邊的矮個囚徒是鬥毆致殘，處以鞭笞之刑，贖買金是一百金幣，你認爲這代表什麼？」

被提醒之後，拉斐爾也覺察到其中的差異，「這裡的法令不太合理。」

以撒趣味地分析：「很明顯，對侵犯他人財富的罪犯懲罰更重，這樣的定罪意味著拉法城最爲保護的是個人財產，可見控制這座城市的是一群商人。」

「凱希，殺人罪，絞首之刑，贖買金三百金幣。」這時，執刑者拖出一個戴腳鐐的死囚，洪亮地報出金額。

聞言，奧薇猛然抬起頭，盯住了台上的囚徒。

待死的囚徒憔悴骯髒，看起來極爲瘦弱，他穿著一條破爛的褲子，幾乎衣不蔽體，完全不足以引起人群的興趣，嗡嗡的低議仍在談論前一個絞首囚徒的死狀。

台上的執行者喊了第二次，奧薇顧不得禮儀，一把拉住了以撒，「大人，那個人是我的朋友！」

「妳認識？」以撒有些意外地投注了一眼，雖然沒有掙開她的手，聲調卻很冷漠，「想讓我救他？憑什麼？」

大概先前的親切施與太過，以致讓這女人產生了錯覺，竟然逾矩地提出了非分之求。他或許可以滿足她，但必須先讓她明白自己的身分。

執刑官第三次叫喊，無人問津，絕望的囚徒渾身顫抖，被無情的獄卒拖向絞刑台。

「不，」奧薇鬆開手，極輕的聲音在人群中彷如幻覺，「只是想請您允許我去救他。」

不等回答，她已離開他，從人群中擠到台邊，「贖買凱希！三百金幣！」

「那女人瘋了？」拉斐爾冷笑了一下，「她哪來的三百金幣？難道還指望以撒閣下替她……」

不屑的輕蔑突然噎住了，所有人眼睜睜看穿著斗篷的女人取出一枚拇指大小的寶石，交到贖買官手中。

人群鴉雀無聲，難以置信地盯著這價值懸殊的交易。

「是我看錯了還是她是瘋了？那枚寶石最少值一萬六千金幣！」一個珠寶商失聲驚叫，

「賣給我吧！我替妳出三百金幣。」

人聲轟然爆響，此起彼伏的叫聲傳來——

「給我吧！我出六百金幣。」

「給我！我出三千金幣。」

「我出五千！」

狂熱的人群令局面失控，確定了寶石的價値，贖買官迅速結束了拍賣。

獄卒打開死囚的鐐銬，半羨半妒地嚷道：「滾吧！混球。你眞幸運，居然有人願意出這麼多錢爲你贖命！」

死裡逃生的囚徒被獄卒一推，踉蹌地摔倒，激起了一陣哄笑。

奇蹟般的場面使人群格外興奮，仍簇擁在高台前，沸揚的低議聲、譏笑聲，如浪翻湧。

難堪和羞辱摧垮了可憐的囚徒，站了幾次都站不起來，幾乎在刺激中昏厥。

女人擠上高台，解下斗篷，覆在他赤裸的背上，不避污穢，跪下來緊緊抱住了他。譏嘲的聲音消失了，人群突然靜默下來。

那纖細柔弱的身影有一種超越凡俗的美麗，讓場景變得奇異而莊嚴。她散落的長髮擋住了眉睫，清麗的臉龐寧靜低垂，猶如一個張開翅膀的天使，翼護著絞架下的死囚。

以撒看了一會兒，淡淡地撇開眼。

殘留在腕上的汗已經消失了，似乎仍能感覺到她濕冷的手指。以撒下意識地撫了一下，莫名地生出了一絲懊悔。

「她在幹什麼？」以撒在沙發上翻著書頁，似乎隨口而問。

「在替那個囚犯清理一些小傷口。」拉斐爾站在窗前報告，「現在開始刮臉了，她從旅店借來了刮臉刀。」

他們所在的地方，與奧薇租下的房間處於拐角的兩側，易於監看，這正是以撒選定房間的原因。

被心愛侍女拋下的芙蕾娜攀在窗台上，不高興地嘀咕：「那個人眞髒！奧薇聞不到他身上的臭味嗎？」

「我猜那或許是她的情人，她照料得很仔細。」拉斐爾邊看邊猜測，忍不住詢問：「芙蕾娜，妳知道她哪來的寶石嗎？」

芙蕾娜搖頭不解，「奧薇不怎麼用錢，因爲莎拉很節省。」

「那男人醒了，看起來對環境有點恐懼，這可憐蟲一定在牢裡吃了不少苦頭！」拉斐爾繼續窺視，不忘發表個人見解，「長得倒不像殺人犯，這傢伙居然連女人都怕，可能是她的紅眼睛有點嚇人……」他略帶幸災樂禍的話語突然停頓。

「他竟然抱住奧薇！」芙蕾娜氣惱叫起來，「太過分了，只有我和莎拉能抱她！」

光線一暗，拉斐爾發現身旁多了個人。

以撒站到了窗畔，看見憔悴的男人緊摟著她，臉埋在她纖弱的肩膀上，聽不見在說什麼，但隔得很遠，仍能看出他在發抖。

「伊蘭……伊蘭……」凱希聲音嘶啞，作夢般地呼喚，「真的是妳？」

任凱希緊擁，她也難忍激動，「是我。」

化為灰燼的名字再度被喚起，遙遠的過往席捲而來，沖毀了一切克制。

她試了幾次才能開口，聲音微微發顫：「凱希，真高興見到你……」

無數謎題在心中盤旋，糾結多年的疑惑終於有了出口，「當年……是你救了我？」

肩頭浸濕一片，凱希彷彿用盡力氣，箍得她腰骨隱隱作痛。她理解地環住他，許久，他才略略放鬆。

「不是我，伊蘭。」他吸了口氣，勉強控制住情緒，「是妳父親——林毅臣公爵。」

父親……

凱希看著她，鼻子再度發酸，「那年，妳被監禁審訊，我想救妳，卻不知道該怎麼做，只能反覆摸索神之光的奧祕，期望它成功了，或許能減輕妳的罪名。我知道這很傻，會讓妳所做的一切努力白廢，可我當時只想到這個方法，妳是我和娜塔莉最好的朋友，我不希望妳死！」

她的心變得哀涼而酸楚，像浸入了苦澀的鹹湖。

「妳燒掉半個研究中心，幸好實驗區保留了下來，借助柏格導師最後一次的操作記錄，我終於掌握了核心。可是，議會關閉了C區，我不知該向誰報告，所以去找妳父親……」凱希彷彿又看到了那張威嚴冷峻的面孔，「妳父親看了我很久，說來不及了……妳被班奈特審判，酷刑已經把妳毀了……」

清澈的眼淚奪眶而出，凱希悲哀而痛苦，「我不明白他的意思，直到後來親眼看見……伊蘭，他們怎麼能那樣殘忍……就算是毫無人性的惡魔都不會……」

冰冷額頭滲出了汗，她打斷他，盡力讓聲音平靜，「後來怎麼樣？」

奧薇極度蒼白的臉色讓凱希意識到自己說錯了話，停了停才又開口：「林公爵說希望讓妳重生，幸好C區已被議會封閉，可以進行祕密操作，但必須先瞞過皇帝派來的監刑官，讓他們以爲妳死了。」

「我記得我受了槍擊。」她仍清晰地記得灼熱的子彈貫穿胸膛，以爲迎來了渴望已久的解脫。

「公爵安排了行刑者，讓子彈稍稍偏離妳的心臟，等監刑官一走，就給妳注射強心劑。送到C區時，妳還有一線氣息，我在那替妳轉換了身體。不等醒來，妳就被公爵的人帶走了，我不知道他把妳送往何處，但至少妳活著……眞好！」

凱希的嗓子有點哽塞，望著她緋紅的眼眸，愧疚而自責。

「對不起！伊蘭，我沒辦法給妳找到更好的身體，儲備區已經化爲灰燼，僅剩這具單獨存放的瑕疵品，她的一切指數都很優秀，除了眸色……我別無選擇！」

她很清楚，能救她的只可能是凱希。雖然也曾懷疑過父親是否知情，畢竟以凱希的地位能力，躲開所有人的耳目，成功施救的可能性近乎爲零，但她不敢深想，更不敢奢望父親會原諒她的背叛。多年前，她已對父女親情斷絕了任何幻想，此刻卻在凱希口中獲得了證實……

她緊緊咬住唇，無數複雜的情緒在胸口翻湧，酸澀的熱淚湧進了眼眶。

冷酷的、無情的、從來沒有微笑、從有記憶起一直對她漠不關心的……父親……

「這麼說，你是在路過拉法城的時候，無辜捲入了街頭鬥毆？」

清洗過後，換上奧薇購置的衣服，凱希終於恢復了幾分神采，對答也流暢多了。

「是的，我甚至不知道他們爲什麼打起來，現場太混亂了，有個人撞進我懷裡，腹部插著一把長刀，趕來的警備隊認定我是兇手，硬把我關進監獄裡。法官判決後，我讓僕人去向親人報信，以籌措贖買金，可他一直沒回來，獄卒說，他或許是死在城郊了，那裡經常有盜匪出沒。隨後我又嘗試了幾次，但時局太亂，家人和朋友都逃離帝都，不知去向，典獄長見再也榨不出錢，便決定處死我，幸好遇到了伊……奧薇！」凱希停頓了一下，微微有些窘迫。

「眞是太糟糕了！」以撒適當地表示同情，按照他的身分更改了稱謂，「既然有僕人，想必您是一位紳士？」

凱希如實回答：「我的確出身貴族，但家族已經沒落，並沒有顯赫的爵位。」

「您接下來打算往哪裡去？」

「我必須去找回親人。」一別數年，世事動盪，不知父母跟妹妹是否安好，凱希不自覺地流露出彷徨與牽掛。

以撒彬彬有禮地提出邀請：「假如凱希先生沒有確定的方向，不妨與我們同行。現在劫匪太多，像您這樣的紳士，單獨旅行實在非常危險！」

不明就裡的凱希由衷地感動高興，「太好了！這是我的榮幸。」

以撒微笑，「恕我冒昧，您和奧薇是情人嗎？」

「不。」凱希脫口否認，臉頰泛起了赧紅，「怎麼可能？我們只是朋友。」

眞是個靦腆的傢伙！

以撒莞爾，「你們看起來很親密。」

「只是多年未見，我們都有些失態，不是您想的那樣，伊……奧薇值得更好的人。」

凱希兩次失語，以撒不動聲色地記了下來，「您和她是怎麼認識的？」

「她以前……在我家做過一段時間的……咳……侍女……」凱希不擅說謊，按照摯友的叮囑，硬著頭皮對答，短短一句話，說得結結巴巴。

「侍女？」以撒玩味地挑了挑眉，奧薇想必已授意過這位不擅說謊的紳士該如何應對，「幸好索倫公爵賞賜了幾枚寶石，才讓她能救下昔日的主人。您的家是位於……」

「帝都。」

「她是您的貼身侍女？」

「不……呃……她是我妹妹的侍女，我們一直相處得非常愉快。」凱希的背已經開始冒汗。

「奧薇是個好性情的女孩。」以撒隨口讚美，拋出下一個問題，「找一個合心意的侍女並不容易，你怎麼會讓她離開？」

「因爲……」一個接一個的問題難以應對，凱希搜索枯腸，終於想到了藉口：「對不起，我……傷口有點疼，想休息，喔不……想請奧薇換一下藥。」

以撒會心一笑，不失風度地欠身，「當然，凱希先生是該好好休息，請原諒我的打擾。」

恢弘開闊的帝都議政廳，例行議事完畢，執政官單獨留下了司法大臣。

「你軟禁了蘇菲亞？」

秦洛承認：「我認爲有這個必要，而且不能對外公佈。」

修納沒有異議，「你做得對！蘇菲亞知道得太多，萬一將來逃出帝都，很多事會更棘手。」

「等事情結束，你準備怎麼處置她？」

修納眉間一蹙，「送到國外吧！」

秦洛搖了搖頭。癡心的蘇菲亞追慕修納多年，幾乎可說是傾盡全力，最終的結局卻是強制流亡，著實令人欷歔，「你眞的完全沒對她動過心？」

修納斜了老友一眼，「別廢話！給你一天時間，把你塞過來的人調回去，我不需要搔首弄姿的助手。」

「她們僅是協助近衛官處理一些瑣務。」秦洛的神態十分無辜，「我看威廉很高興有人分擔工作。」

「洛，你清楚我的意思！」修納沒耐心繞圈子，直接給出警告，「如果再像上次那樣把人弄到我床上，我會讓你光著屁股從議政廳出去！」

秦洛挫敗地嘆息，索性把話說破：「你該有女人了，看看你現在有多年輕，沒必要強迫自己忍耐。」

修納目光幽沉，一言不發。

秦洛對他的堅持不屑一顧，「你在堅守什麼？根本毫無意義！你拒絕女人、拒絕一切娛樂，把自己變成工作的機器，究竟要自虐到什麼時候？」

修納沉默了一會兒，「沒你想的那麼複雜，我只是沒興趣。」

秦洛氣得笑了出來，「沒興趣？你是指什麼？」

「就是字面上的意思。」修納無表情地帶過，「別再談這個，維肯那邊有什麼動靜？」

「發瘋一樣地徵稅及募兵。」秦洛嘆了一口氣，順從地把話題從執政官的私生活轉移到國家大事，「當然，林氏家族的領地也一樣，沙珊行省的地形很麻煩，打起來恐怕會成為長期戰！」

修納考慮的是另一面，「林氏目前由誰統禦？林晰？」

「別指望他們投降，畢竟你殺了上一代林公爵。」秦洛一語切中要害，「民眾也不會同意，他們熱切希望執政軍能血洗沙珊，一平多年的積恨。」

修納氣息微沉，半晌才道：「或許還有變局。」

「什麼意思？」

修納指節輕叩，憶起昔日的陰鬱少年，「林氏的新族長能否統率族人，目前還很難說。」

秦洛暫態瞭然，現出笑意，「有可能，林晰出身旁系，上位時間又太短，還來不及培養自己的親信，說不準會被踢下來。一旦族長虛懸，又找不出嫡系血裔繼承，林氏內部必然分裂，屆時對我們更有利！」

修納唇角忽然緊抿，秦洛同時停住了話語。某個無法迴避的幽靈再度浮現，令氣氛僵冷凝滯。

停了片刻，秦洛若無其事地轉換話題，避過林氏，跳到某個小道消息上，「對了，近期有些地區冒出了奇怪的傳聞，據說出現魔女。」

修納的聲音恢復了貫常的冷淡，「什麼樣的魔女？」

「一開始，索倫公爵身邊出現一個紅眸女子，沒多久伊頓陷落；之後，某個小鎮一隊逃亡的士兵全數死在酒館，幾個倖存的女人說，凶手是個可怕的魔女，有著血紅色的眼睛。這兩件事的關鍵都是紅眼睛，傳說紅眸一直與災劫與動亂有關，有些人認爲，這是帝國再次變亂的前兆。」

修納對捕風捉影的謠言不屑一顧，「所謂的不祥和凶兆無非是愚蠢的迷信，費太太曾經堅稱她的貓被魔鬼附身才掉光了毛，我很清楚是你幹的！」

「誰讓那老太婆刻薄又吝嗇！」當年貧民區的壞小子，而今的司法大臣被揭出昔日惡行，毫無愧色，「看她天天抱著貓，還以爲有多寶貝，當成魔鬼燒死的時候，可一點都沒心疼！」

修納眉間一蹙，「你我都清楚低級流言的可信度，所以，別再拿荒誕的無稽之談來浪費時間！」

「既然不感興趣，如閣下所願，我們討論國事。」秦洛打量著他的神色，頗為促狹地一笑，「里茲國外交特使到了帝都，幾日後會提出正式會面，到時候呈遞的國書極可能有聯姻一項，交換條件應該是新能源技術。另外，一些重臣也有意就子嗣問題提出進諫，顯然你的婚姻狀況引起了各方面的關注。」

無視修納的不悅，秦洛點出關鍵：「帝國的最高執政者年輕、未婚、無嗣，無論從何種角度而言，都意味著危險而不安定。」

修納不為所動，「上次你也建議我娶蘇菲亞，並刻意隱瞞維肯操縱審訊一事，當時我真該揍你幾拳！」

「那時你需要維肯這一盟友，可惜你後來過早悔婚，讓維肯生出戒心，拒絕前往帝都，不然此時盡可用隱敝的手法除掉他，省去大費周章地動兵！」秦洛理直氣壯地聳聳肩，全無欺瞞朋友的愧色，「但這次不一樣，婚姻和子嗣關乎你的地位穩定，就情勢而言，不管你喜不喜歡，都應該有一個妻子了。」

「為什麼我得像嘮叨的老媽子一樣照料那傢伙？」躺在情人的香閨，秦洛喃喃自語地抱怨，「費盡心機把女人塞給他，勸他結婚生子，他還對我擺一張臭臉，有我這麼盡職的臣子嗎？」

愛瑪夫人輕笑，將一顆晶瑩的葡萄餵入情人嘴裡，「聽說里茲公主是位美人，或許見過畫像之後，執政官閣下會改變主意。」

秦洛享受著美人的殷勤，語氣相當無奈，「再怎樣的美人也不會有用。」

「為什麼？」愛瑪夫人眼波流轉，曖昧輕笑，「難道執政官閣下已心有所屬？」

秦洛懶洋洋道：「沒錯，他的心只屬於帝國和政務。」

被情人提醒，眉眼半睜半閉的秦洛忽然想起另一種可能。

昔日的菲戈雖然謹慎自持，卻也不介意逢場作戲，如今如此自律，難道更換後的身體有不為人知的隱疾？或許該換個方向旁敲側擊地探問，當然，必須是在不激怒修納的前提下……

愛瑪夫人興致勃勃地猜測：「或許是那位閣下太年輕，還不懂情愛的樂趣，我相信一旦碰上真正令他心動的美人，就算鐵石心腸，也會立刻融化。」

秦洛拉下她的細頸，在香唇上偷了個吻，「寶貝，妳太天真了！他不喜歡女人，也毫無結婚的意願，如果哪個女人成了他的妻子，我簡直要致以最深切的哀悼！」

美麗女人的無知總會令男人覺得可愛，愛瑪夫人搧動的長睫彷彿輕盈的羽毛，足以讓人色授魂消，「難道他不想有自己的子嗣？」

秦洛欣賞著美人的嬌態，順口解答：「這次私下進言後我才發現，對那位閣下而言，子嗣會附帶著一個足以構成威脅的母親，更別提她或許還來自敵國，只會更增篡位奪權的風險，這些是他絕對不願見到的。」

隨手把玩馨香的長髮，秦洛猶如在逗弄一隻寵物，「他根本不會對任何女人心動，也無所謂愛情，就算將來必須結婚，也會挑恰當的時機，選一個柔弱無害的妻子。而此刻，任何關於婚姻的建議，都會讓他倍加警惕，質疑對方的用心。這些我只告訴妳，可千萬不能傳到別人耳朵裡！」

好奇心得到充分滿足的愛瑪夫人甜媚一笑，爲情人奉上熱吻，順利地挑起了情事。

當身邊女人睡去，秦洛俐落的整裝，毫無留戀地走出華邸。

不用三天，這些話會傳遍上流階層，首個獲悉者就是近期與愛瑪夫人幾度私下接觸的里茲特使。聰明的話，對方會立刻更改國書，抹掉聯姻一項。

讓帝國某些準備了滿腹諫言的重臣機會落空，眞是一樁令人愉快的罪過！

狡詐的秦洛在馬車裡露出邪惡的微笑，滿意地打了個呵欠。

28 沙珊

旅途的盡頭是林氏一族的領地——沙珊行省，馬車停在蜿蜒的山道，一行人下車眺望。

紫色的天空下是起伏的山脈，雲低得似乎能夠觸摸到，深綠的絨草猶如一塊軟毯，覆蓋著每一道山脊，清冷的風在山間迴蕩，矯健的野鷹在伺機捕獵。放眼望去，樹木不多，偶爾一株又異常粗壯，巨大的樹冠綠意蓬勃，極度沉穩又極度莊嚴。

靜穆的自然有一種懾人的氣勢，或許也只有這樣壯麗的景色，才配得上薔薇林氏。

第一代林公爵爲自己的家族挑選了一塊完美的領地。連綿的山巒之上是一座龐大的稜堡，兩翼的城牆用厚重的條石砌成，它以堅不可摧的姿態，護衛著後方行省；帶著無與倫比的威嚴，俯瞰著敢於進犯的敵人。

它古老、森嚴、高不可攀，一如林氏家族在帝國的威望！

幾乎沒有哪個君主能容忍臣子擁有如此偉岸的堡壘，林氏公爵儘管以超然的地位，獲取了皇帝的寬容，仍不得不世代留駐於帝都，爲了避嫌，極少返回這一片領地。

行省一半臨海，但暗礁和潛流阻斷了海上攻擊和貿易的可能。稜堡之後是大片土地，豐沛的陽光讓這一方豐足而富饒。

林氏待下不算寬厚，但也絕非傳聞的暴虐，領地上的族人和子民按規則交納稅款，耕種生息，一切矛盾由公爵管家代爲裁決，無人敢於違逆，生活反而比其他貴族治下的領地更平靜安寧。

馬車一路駛過，盤查十分嚴謹，沿途可見紀律森然的士兵，關口站著刺刀雪亮的警戒衛兵。

芙蕾娜倚在奧薇身側，壯闊的稜堡令她睜大了眼。奧薇同樣在凝視，靜靜地眺望著陽光下起伏的山脈。

在進入軍事學院之前，她每年都有三個月在此渡過，這緣自族中一條不成文的規矩——在繼承爵位之前，未來的繼承人每年夏天必須留在領地，這樣即使成年後的公爵再無法回到沙珊，也永遠不會遺忘曾經存留的鮮明記憶。

眼前的一切令她心潮起伏，靈魂中似乎還殘留著原野上策馬奔馳的快意，風中散落著牛羊的低鳴，無數野花在草叢中盛放，晴朗的天空下無盡明亮。

忽然，一朵飄過的烏雲遮住了陽光，她的心情也隨之沉鬱下來。

她很清楚，或許用不了多久，這一方寧靜便會被炮火擊潰，放眼所及的一切，將被血與火蹂躪，復仇的屠刀橫掃大地，直至整個家族流乾最後一滴血。

奧薇垂下眼，長斗蓬覆住她白皙的額，陰影下是優美的頰，柔嫩的嘴唇有些蒼白，像一尊悲傷的雕像。

芙蕾娜望著奧薇的側臉，被那種出奇的美麗震懾，竟然恍惚了一會兒，「奧薇，妳在想什麼？」

奧薇輕撫了下身側的孩子，沒有說話。

凱希在她身旁，理解而關心地詢問：「妳還好嗎？」

她回以柔和的微笑，「謝謝，我很好。凱希，真高興你一點也沒變。」

即使她如今的身分卑微如斯，凱希卻依然與她親近如昔，他們仍然是學院中平等的同窗。

凱希靦腆地笑了笑，「妳也和從前一樣。」

芙蕾娜十分好奇，「奧薇以前是什麼樣子的？」

「溫柔勇敢又堅韌頑強，無論何時都很安定，有一種與眾不同的力量。」凱希神情帶上了幾許懷念，聲音柔和，「這是娜塔莉的原話。」

或許對凱希而言，失去戀人的悲傷始終存在，絲毫沒有隨時間逝去。

芙蕾娜全然未覺氣氛的改變，歡快地附和：「一點也沒錯！奧薇正是這樣的。」

奧薇指向山路的一側，「芙蕾娜，妳有看見那銀紫色的花嗎？它叫夜之晨曦，僅生長於沙珊邊緣，氣味獨特，帝都貴婦人喜歡的許多香水中都有它。」

芙蕾娜的注意力立刻轉移到鮮花上，興奮仰起臉，「我可以去摘一點嗎？」

奧薇回以淺笑，「當然。」

馬車停下，芙蕾娜欣喜地奔去採摘花朵，只剩兩人獨處，奧薇才又開口：「凱希，你不打算結婚？」

「從研究中心調離後，我被派到一個偏僻的市鎮，反而幸運地躲過動亂，現在又從囚牢中解脫出來，已經算神靈庇佑。」凱希本就性情平和，經過數次變動之後，更是心灰意冷，「其實我很後悔，如果當年再多一點勇氣，或許……」

奧薇溫和地勸慰：「別做無謂的自責，她希望你快樂。」

凱希嘆了一口氣，半晌後又道：「妳打算怎麼辦？或者等我找到家人，我們可以一起生活？」忽然意識到語病，他迅速漲紅了臉，變得窘迫而尷尬，「我沒有別的意思，只是像朋友那樣……伊蘭，看妳當侍女，我很難過，那不是妳該過的生活……」

「我明白。」奧薇不禁莞爾，感動如漣漪在心底泛起，「謝謝你，凱希，但我不能接受。」

「為什麼？是因為我地位不高？我只是希望能稍稍幫助妳。」凱希不解其意，想到以撒有意無意的探問，不禁望過去，「還是因為以撒先生？妳……」

奧薇隨之望了一眼，以撒似乎覺察，側頭回視過來，英俊的臉龐似笑非笑。

奧薇收回視線，「凱希，你必須找個機會逃走。」

「逃走？」凱希茫然錯愕。

「林晰打算與里茲人結盟，以撒正是里茲國的密使，他一心想獲取神之火的技術，一旦發現你的身分，後果不堪設想！」奧薇聲音極輕，語速極快，「況且，修納執政官爲人強勢，絕不會放過林氏家族，沙珊行省岌岌可危，隨時會淪爲戰場。看見沿途的士兵了嗎？林氏家族正全面備戰，你絕不能留在這裡！」

凱希越聽越惶惑，「那妳爲什麼要回來？」

「爲了將芙蕾娜送回索倫公爵身邊。」奧薇眼眸沉下來，語音微澀，「而且，我有不能逃避的責任，這是我的家族、我的族人，我必須與他們同在。」

凱希想說話，卻被她握了一下手，話語輕得幾乎聽不見。

「林氏別無選擇，所以我也一樣。以撒非常狡猾，會將你當成要脅我的棋子，迫使我爲里茲人做事，很抱歉，是我連累了你。小心林晰、小心以撒和他的隨從，小心別讓任何人知道你曾待過研究中心，我會找一個合適的機會幫你逃走，希望你能早日找到家人。」

話語消失了，她抬手摟住了撲進懷裡的芙蕾娜。

芙蕾娜興高采烈地獻寶：「奧薇，我給妳編了花環，漂亮嗎？」

以撒同一時刻走近，看著銀紫色的花環，嘴角噙了一抹難測的笑，代爲回答：「很漂亮！非常適合……美麗又聰明的奧薇。」

十餘日後，林晰回到領地，與以撒進行了密談。隨後，他召開家族會議，數次會議，林氏各系意見不一，爆發了激烈的爭議。

不等爭議落定，局勢瞬息變幻，數月後，隨著修納執政官閃電般的進攻，維肯公爵全面潰敗，在雇傭軍的保護下狼狽逃亡，向昔日的宿敵發出了求助信，偌大的帝國僅剩下最後一處堡壘，林氏再也無可選擇。

隨著維肯公爵、索倫公爵等一行舊貴族倉惶逃入沙珊，最終的戰役也將拉開帷幕。

流亡者帶來的意外打亂了奧薇的計畫，凱希的逃亡化成泡影——維肯帶來了大筆金錢和僱傭軍團的殘兵，也帶來了凱希最重要的家人。

凱希的妹妹茉莉嫁入的麥氏子爵家族，正是維肯公爵的忠誠追隨者之一，帝都動亂時，她隨丈夫的家族一起逃入了維肯公爵的領地，又捎信讓父母前去團聚，以躲過血腥的殺戮。

他們確實幸運，不曾被暴亂波及，但也無辜地成了維肯一黨。

即使沒有懸賞通緝令，麥氏子爵也不會背棄維肯公爵，而子爵的兒子——茉莉的丈夫則是無法違背父親。茉莉難以捨棄丈夫，凱希的父母更無法捨棄愛女，因此，儘管凱希提前受到了忠告，卻依然受制於無奈的現實，明知沙珊終將陷落，他仍不得不駐留下來，與父母妹妹共存亡。

當凱希與家人團圓，芙蕾娜與索倫公爵重逢，奧薇也重新選擇了主人。

軍團是個龍蛇混雜的地方，充滿汗臭和酒氣的營區放浪而喧鬧，突然有一天，林氏族長林晰帶來了一個年輕的女人，並將她分配到某個連隊。

那是一位極其出色的美人，精緻無瑕的容貌，像胡桃架上的細瓷人偶，緋紅的眼睛，又添了一種奇異的誘惑。

所有士兵目瞪口呆，而後，興奮的口哨險些掀翻了屋頂。

她由林晰指派，這使許多軍官摸不清背景，謹慎觀望，並給予某種程度的放任。

沒過多久，幾乎全兵團都與她交過手，數個意圖侵犯的男人被打成重傷，三個暗中下藥的被踢成性無能，手指骨折類的小傷不計其數，鮮血和疼痛的教訓，終於讓男人們放棄了一親芳澤的打算。

有人私下猜測她是林晰的禁臠，但又有一位文弱的男人時常來訪。索倫公爵的愛女也頻頻探視，她們關係親暱，但從年齡判斷，似乎不太可能是她的私生女。

流言無數，倍受矚目地渡過了一個月後，奧薇再度引起了轟動——這位美人成了營長，並直接受命於林晰。

看到營隊的名單，奧薇怔了一瞬，按鈴召喚了未來的副官。

隨即，一個五旬左右的壯漢出現在眼前，嗓音宏亮有力：「鍾斯向您報到！」

奧薇靜靜地打量著，而後才開口：「這是我的榮幸，鍾斯中尉。」

曾經暴躁但又對身爲低級士兵的林伊蘭照顧有加的鍾斯中尉依然健壯強悍，軍帽下的兩鬢卻已有了少許花白，眉間凶惡的皺紋更深了。

峰迴路轉的命運總是帶來各種意外，在沙珊碰到昔日的上司很戲劇，但並不出奇。

鎮守休瓦基地的軍隊不屬於林氏家族，但長期由林毅臣統率，在外人看來，已與林氏軍團無異。潰敗的殘兵被無情地清剿，鍾斯與戰友一起撤至沙珊，被重新整編，湊巧成了她的副官。

「我很高興能與中尉共事。」出於過去的情誼，奧薇開口詢問：「假如你介意長官是個女人，我可以另作安排。」

多年未見，鍾斯依舊直率坦蕩：「您在一個月內充分證明了實力！」

「這支連隊可能會面臨一些苛刻的任務，戰損率將會很高。」

鍾斯毫不在意，「只有懦夫才會害怕硬仗！」

「很好。」奧薇微微一笑，不再多話，「首個任務是潛伏溪地山谷，阻止敵人的前鋒通過要道。」

「給我們多少人？」

「一個營。」

鍾斯反射性地質疑：「這太少了！」

奧薇很清楚，這項命令苛刻得不近情理，不過她也很明白，林晰抽不出更多人了。

林氏許多將領傲慢而自負，根本不屑於聽從林晰的命令，僅僅是由於各自利益牽扯，才會表面臣服，私下自行其事。這些資深老將對軍隊掌控更直接也更久遠，貿然撤換，反而容易激起內亂。

假如林公爵依然在世，憑著他的鐵腕和威信，便足以壓制一切。但林晰太年輕，只能費盡周折，艱難地在夾縫中周旋，扶植自己的力量。

這次的命令是無奈，也是試煉，只有活下來，才有機會贏取信任。

深層的緣由，奧薇不打算解釋，只簡單地詢問：「害怕嗎？」

鍾斯瞪著她，明知挑釁，仍然激起了血性，粗聲反駁：「開什麼玩笑！難道我還不如一個女人？」

「那麼去領裝備，挑最好的。」緋紅的眼眸含著笑意，卻有一種寒冷肅殺的氣息，「你說得對，人的確太少，所以這一場，需要好好表現！」

三年後，從帝國最南端的海港到最北端的城市，都流傳著一個傳說——

久攻不下的沙珊行省，有一個可怕的魔女。她容貌醜陋，有一雙妖魔特有的血紅色眼眸，能以詛咒和魔力，奪去人的靈魂。

她與惡魔交易，以人血為食，用邪惡的力量誘惑沙珊的士兵，讓他們衝鋒陷陣，無懼死亡，以至執政軍始終無法攻克。

甚至有人認為，魔鬼的力量無人能抵擋，林氏最終會攻至帝都，殺死所有反抗者，恢復舊日的皇朝。

魔女的流言鋪散在大地上，人心惶惶，各種離奇的傳言在街巷添加中變質，甚至傳聞各地都有被魔鬼迷惑的女人，她們多半是孀居的婦人，透過與惡魔的契約學會了邪術，在暗夜中，以妖巫咒語殘害路人……

恐懼被流言放大，人們在想像中顫慄，隨著時間激化，不少城鎮甚至爆發了捕捉魔女的惡行。

秦洛將一疊密報啪地扔在桌上，爲其中的荒唐而震駭，「這群愚民簡直瘋了！」

修納翻了翻，厚厚的報告上，詳細記載了民間自發尋找並審判魔女的種種行爲。

一個老嫗被人控告曾與三個魔鬼姘居，並犯有其他罪行。老嫗否認自己有罪，審判者便對她施用酷刑。最後她招認了一切，並在嚴刑拷打之下嚥了氣。記錄最後寫道：魔鬼不想讓她再供出什麼，因此勒緊了她的脖子。

另一個地區的一個女人被指控爲女巫，在重刑逼供之下，承認自己折磨死一百多個小孩，一部分烹煮吃掉，一部分加工成藥膏及妖術藥劑，並製造了山路上的多起風暴和滑坡，審判完畢後，被架上火堆燒死。

報告列舉了長長的各類事例，還描述了各地判別魔女的方式。

有些把可疑的女子在眾目睽睽之下剝光衣服，捆起來投入河中，浮起來的毫無疑問是魔女，沉下去淹死的則被證明是無辜。有些則以針刺被綁在木架上赤身裸體的女子，因疼痛而顫抖的就是魔女。

每次審問魔女，都有一大群人前往觀看，人群因野蠻的暴行而欣悅，心安理得地瓜分魔女的財產，人性的殘虐，在驅除惡魔的藉口下完全釋放。

即使看過無數案卷，仍爲報告中顯現出的殘忍而震驚，秦洛忍不住嘆了口氣。

憑藉複製上古文明，西爾掌握了超越時代的科技，精神上卻依然落後愚昧。僅僅一份荒誕不稽的想像，已讓人群變成人云亦云、毫無理性的暴徒。

修納沉默良久，終於開口：「他們確實愚蠢如羊群，但正如溫森所說，這是執政者的責任！」

「什麼責任？」秦洛一時難以理解，「這與我們有關？」

修納思忖片刻，「必須擬定新的法典，把教育推廣到平民之間，教導他們學會理性的思維。」

「開啓民智未必有利於施政，他們不需要智慧。」秦洛並不贊同將富人和貴族才有權享有的資源普及，這一舉措無疑是雙刃劍，「民眾沒有頭腦，只有簡單的好惡，愚昧衝動又單純輕信。給予適當的引導，他們就會爲你歡呼，我們正是借助這一點獲取了成功。現在你卻想教他們思考，他們學會之後第一件事，就是把你踩在腳下！」

「有這種可能。」修納承認風險的存在，「但不這麼做，帝國永遠不會有變革，就像我們曾經抱怨的愚蠢自大的官僚、貪腐無能的政客、日漸朽壞的體系——最終我們也會走上這一條路。唯一辦法是，各個階層都必須有自己的菁英，提供校正的意見。」

秦洛良久才道：「或許會變成自掘墳墓……」

修納知道秦洛已經被說服了一半，「不會那麼快，這種變革會在很久以後才看得見效果，我們有足夠的時間調整。此刻的首要目的是培養帝國所需的人才，減少蒙昧無知的暴行。」

「資金從哪來？帝國提供？」

「你和其他幕僚商議，擬一份詳細的方案。」修納回轉到眼前的難題，「另外，由執政府出面闢謠，讓捕捉魔女的風潮平息下來，禁止地方私刑。」

秦洛不以爲然，「我懷疑這種做法能有多少效果，麻煩的源頭是沙珊的那個女人，假如能早日攻破行省，捉住她公開處刑，一切就結束了。」

「達雷在呈遞的信件中說得很清楚，她只是天生眸色特異。」整理歷次交戰的軍略報告，修納不禁蹙眉，「沒想到林晰不但控制住軍隊，甚至扶植出如此棘手的將領。她到底是什麼來歷，還沒查出來？」

秦洛頗覺挫敗，「什麼也沒有，以前似乎與林氏全無關聯。」

修納拒絕接受，「繼續調查，總不可能是從地獄裡冒出來的吧！」

林氏家族憑藉地利頑抗，膠著的戰爭曠日持久，秦洛喃喃抱怨：「目前看來，戰爭還要持續一段時間。新能源計畫耗費極大，目前才剛有收益，沙珊又是個無底洞，一切開支都被戰爭壓縮，令我們非常被動。該死的里茲，存心要帝國內耗，否則三年下來，林氏早已物資枯竭，看他們拿什麼作戰！」

修納深表同感，但沒多說，只淡淡道：「我已經同意達雷增兵的請求，督促他必須盡快擊潰。」

上一場激戰剛剛結束，迸裂的石頭上還殘留著斑斑鮮血，硝煙和人肉燒焦的氣味，久久未散。

林晰的副官穿越防線，終於在一處背光的壕溝找到了目標，「中尉，公爵吩咐請奧薇團長過去一趟。」

被炮火熏黑了半張臉的鍾斯反問：「現在？」

副官加強語氣：「命令是立刻！」

鍾斯有些不快，繞過沙袋，走進了後面一間半頹的矮屋。

幾絲光線從薄板擋住的窗口射入，更顯得房間幽暗，潮濕的室內飄蕩著一股黴味，積滿了厚厚的灰塵。

凌亂的雜物中有一張簡陋的板床，床上睡著一個人，彷彿畏冷般半蜷著身體。

不管外傳得如何剽悍可怕，沙珊軍團的指揮官此刻在沉睡。長長的睫毛投下陰影，顯得臉龐更小，予人一種脆弱的感覺，纖細的身體像一隻嬌柔的貓，白皙的手垂在床邊，指尖的形狀極美。

這極其安靜的一刻，在血腥的戰場上顯得如此不可思議，完全無法與帶領軍隊擊退敵人一次次進攻、威名赫赫又倍受詛咒的魔女聯想在一起。

鍾斯不自覺地放輕了腳步，對這位美麗又強悍的女性，軍團裡每個人都敬畏而仰慕。

奧薇沒有意識到有人在側，數日未眠的疲倦，讓她陷入了徹底的沉睡，甚至還作了夢。

純白的花瓣微綻，在清晨的薄霧中輕輕搖曳。一隻秀麗的手避過花刺，扶住花莖，落下了剪刀，草地上的籃子盛著十餘枝沾著露水的薔薇。穿著綠色蕾絲長睡衣的女人側過臉，望著她一笑，雪白的容顏比花更美。

她似乎變得很矮，撲上去抱住了女人的腿。女人放下剪刀，俯身親吻她的額。隨後提起籃子，牽著她走過了小徑。

一圈一圈的樓梯從眼前掠過，直到一間書房。女人細心地修剪薔薇，插入書桌上的花瓶，眉目專注而溫柔。

她仰頭張望高大的書桌和壁架上的劍，扯著女人想要離開。女人放下花輕哄，微笑著按下壁爐的某一處，一塊地板忽然滑開，魔術般出現了一塊空洞。

她滿心驚訝，意外地發現裡面有一枚銅質的鑰匙，鮮豔的寶石在鑰匙柄上閃閃發光。

「長官，林晰閣下派人召喚，請您過去一趟。」

鍾斯的呼喚打斷了夢境，奧薇睜開了酸澀的眼，緋紅的眼眸，殘留著幾縷疲憊的血絲，仍是驚人的美麗，讓鍾斯禁不住心頭一跳。

奧薇無暇分神，她正在極力回憶夢境，飄忽的神思，彷彿捉住了某種渺遠而神祕的啟示。

奧薇策馬從山道馳下，一路上的守衛紛紛行禮。

大批村民正在忙碌，從樹上摘下一串串未成熟的香蕉。圍城日久，物資漸乏，蕉片成了主食，青澀的蕉片毫無甜意，但總勝過饑餓。

林晰在書房，似乎與平日一樣，仔細觀察，才能從淡漠下看出一絲鬱色，「敵人情況如何？」

「撤退到數十里外全面休整，短時間內再次進攻的可能性很小。」

目光掃過長睫下淡青色的暗影，林晰道：「假如沒什麼變化，可以把剩下的事交給其他將領。」

「是。」

林晰靜默了一會兒，切入正題：「里茲的特使以撒半個月前到了西爾，但沒有進入沙珊，而是選擇在拉法城與下屬會合。」

顯然林晰派了暗諜祕密監視，奧薇靜聽下去，但，他的下一句，似乎完全不著邊際：

「我得到的情報說，他近幾天採購的物品中，還包含了雨披。」

奧薇聽出了關鍵，神色微凝，「他要去帝都？」

雨季已經結束，除了帝都那個隨時會下雨的地方，沒有其他可能。

「如果沒猜錯，那傢伙恐怕是去和執政府密談，」林晰眼中掠過一絲陰雲，「也有可能是去探聽關於新能源的情報，但不論是哪一種，對我們而言都很危險！」

奧薇清楚，里茲出現背棄的意向並不奇怪，他們是現實的投機者，一旦確定與執政府結盟更具價值，必然會毫不猶豫地賣掉沙珊。

「我想過重金收買以撤，來打探里茲高層意向，但這很難，儘管他貌似親切謙遜，骨子裡卻是徹頭徹尾的政治家，絕不爲金錢利益迷惑，手下人又異常忠誠。」林晰頓了一下，語氣僵硬，「假如里茲眞與執政府合作，中斷對沙珊的援助，缺乏彈藥的軍隊絕對撐不了多久！」

奧薇沉吟半晌，「您打算怎麼做？」

「里茲人目前動向不明，如果貿然行事，反而可能加速對方倒向執政府。但等援助終止才作出反應，一切就太遲了，必須提前監視以撤在帝都的一舉一動。」

奧薇提醒：「維肯公爵在帝都應該還有部分暗諜。」

林晰搖了一下頭，「我問過了，修納下手極狠，剩下的人根本不足以全面監視。」

奧薇目光一閃，「以撒長於觀察，警惕性強，監控難度很高。」

「我打算在軍中挑幾個合適的人。」林晰的眸色陰冷而怨毒，「但願別讓我們發現這位親愛的朋友與執政府媾和，否則我會讓他無法再見到里茲明媚的陽光！」

這是在詢問適合暗殺的人選了？

對於里茲人的背叛傾向，奧薇並不感到驚訝，行省與執政府的戰爭持續到第三年，里茲決意放棄這一枚棋子，唯一的可能是執政府根基穩固，遠非局部戰爭所能動搖，再拖下去不僅得不到利益，反而會徹底激發西爾上下對里茲的仇恨。

這也意味著沙珊行省已經到了盡頭，失去遞補的戰爭物資，軍隊後繼乏力，堅固的稜堡終將被攻陷！

奧薇的心暗淡下來，最終道：「我們該提早另作安排。」

林晰苦笑了一下，無奈地嘲諷：「怎麼安排？讓十餘萬族人長出翅膀或魚尾？」

沙珊陸上被圍，海上無路，奧薇轉過無數個念頭，卻始終找不出辦法。

身爲林氏最後的族長，林晰陷入了徹底的絕望。從得知消息的那一刻起，他已經明白林氏一族走到了絕境，焦灼和憤怒折磨著心緒，卻不能對任何人言說。

奧薇低著頭，睫毛極輕地閃動，顯然在快速思考。

她穿著制式軍裝，腿側綁著帶血槽的軍刀，衣襟沾滿灰塵，卻依然無損於她的美麗。纖巧的身姿挺拔輕捷，彷彿天生就屬於戰場和軍隊。

她是那樣青春動人、勇敢無畏，卻將在未來的戰火中隕落生命……

林晰突然覺得惋惜，生出一絲惻然，「奧薇，妳上了一條注定沉沒的船，後悔嗎？」

奧薇抬起眼，似乎爲他的話驚詫，隨即轉爲微笑，「不，永不。」

深濃的睫毛很長，微微翹起，讓人極想觸摸。

緋紅的雙眼溫暖明亮，聰明而沉靜，比任何人更忠誠可靠。

透過窗口遙望著採摘香蕉的村民，林晰忽然道：「也許我不配當族長，換成更有才能的人，說不定已經帶領族人找到一條生路……」

奧薇的聲音柔和而堅定：「您已經做得很好，沒人比您更有資格！」

林晰似乎陷入了某種回憶，罕見地說出心語：「我只是某個人的替代品，如果她沒有放棄繼承資格，或者她還活著……」

「就算她還活著，也不會比您做得更好！」不等林晰說下去，奧薇截斷了他，「她背棄自己的責任，而您選擇了承擔。」

「奧薇，妳是最好的下屬，但妳不懂。」林晰神情微黯，晦澀而惆悵，「其實我也不懂，一個生來就擁有一切的人，爲什麼會選擇死亡？」

奧薇突然沉默，無法再開口。

沉寂許久，林晰擺脫了短暫的傷感，「關於監視以撒的人選，妳有什麼建議？」

思索片刻，奧薇忽然生出了一個不可思議的念頭，「我去。」

林晰全然出乎意料，「什麼？」

說出來反而堅定了設想，奧薇解釋：「目前敵軍退後休整，暫時無事，短期離開不會有任何影響。三年前我曾與以撒同行，對他的行事風格有一定瞭解，應該能做到全面跟蹤。」

林晰蹙起眉，第一個反應是拒絕，「不行！那些荒謬的流言傳遍帝國，妳的眼睛一出行省就會被盯上，太危險了！」

「請您放心，我另有辦法，絕不會被人發現。」

「我不同意，換一個人。」為殺一個特使而搭上最重要的下屬，林晰完全不予考慮。

「請讓我去！」奧薇堅持請求，「假如以撒真的與執政府交易，我會盡力探查，嘗試尋找另一條出路。」

林晰心緒一動，起了疑念，「妳想離開沙珊？」

奧薇明白林晰在懷疑什麼，「以生命發誓，我必將返回。」

這是唯一的希望，她必須去一趟帝都，假如林晰拒絕到底，她只能違背命令。

清澈的紅眸坦誠無懼，沒有半點虛假，但時機太巧，林晰很難相信這不是逃離的藉口。

奇怪的是，他心中並無怒意，只有灰黯的失望。

他沒資格責怪，戰爭之初，全仗她的扶助，他才坐穩了族長之位，正是因爲有她殫精竭慮地抵禦，沙珊才在執政軍的強攻下撐到了第三年。

林氏注定在劫難逃，他並不願逼迫她一同步上毀滅之路，既然如此，誓言的眞假已不再重要。

林晰凝視她許久，目光逐漸變得冷淡無情，而後收回視線，再也沒有看她一眼。

「把手邊的事務交代清楚，妳去吧！」

（未完待續）

薔薇之名

ROSE'S NAME

中

帝國之光

作者：紫微流年
發行人：陳嘉怡
總編輯：陳曉慧
主編：方如菁
文字編輯：黃譯嫺、李　晴
美術編輯：陳依詩
排版編輯：劉純伶
出版者：耕林出版社有限公司
發行地址：807 高雄市三民區通化街47巷3-1號
電話：07-3130172　　　傳真：07-3130178
讀者服務專線：0800211215
劃撥帳號：42205480 耕林出版社有限公司
網址：www.kingin.com.tw
E-mail：kingin.com@msa.hinet.net

總經銷：宇林文化事業股份有限公司
總經銷電話：07-3130172
總經銷地址：807高雄市三民區通化街47巷3-1號
物流中心電話：07-3747525　07-3747195
物流中心傳真：07-3744702
物流中心地址：高雄市仁武區仁心路199巷6-45號

初版：2016年02月
定價：台幣750元(三冊不拆售)

國家圖書館出版品預行編目資料

薔薇之名 中卷 帝國之光 / 紫微流年 著.
-- 初版. -- 高雄市：耕林，民105.02
冊 ； 公分. --（系列；005）
ISBN 978-986-286-652-8（全套:平裝）

857.7　　104029042

耕林 Just Novel

就是小說

耕林 Just Novel
就是小說